佐川光晴

猫にならって

実業之日本社

目次

装幀　田中久子
装画　とりごえまり

猫にならって

第一話　ミー子のおしえ

「あら、ミー子、どうしたの?」

芳子《よしこ》が目を覚ますと、キジトラのメス猫が掛布団のうえをうろうろしていた。壁の振り子時計は四時半を指している。二階の洋室で、二時間前にはまぶしかった五月の陽光がいくらかやわらいでいる。

風通しのためにドアを半開きにしているので、ミー子は勝手に出入りしていた。たいてい夕方に出てゆき、明け方に戻ってくる。昼間は、部屋の隅やソファで丸まっている。箪笥《たんす》に登り、窓から外を眺めていることもある。部屋に入り込んだ羽虫や蛾《が》を目がけて跳びかかることもある。

およそ好き勝手にしているが、ミー子がベッドにあがってきたのは初めてだ。おちつきなく歩きまわり、掛布団のうえから芳子の脛《すね》や腿《もも》を踏んだ。

見ると、ミー子のお尻から血が垂れている。おなかも、ずいぶん大きい。

「おまえ、ひょっとして、子を産むの」

芳子は、だるいからだを起こした。ベッドからおりて、寝巻の前を直す。スリッパを履き、戸棚から出した四つ折りの毛布をそのまま掛布団の裾《すそ》に置いた。

「さあ、ここが産屋《うぶや》よ」

ミー子に言って、芳子はソファのクッションを枕に重ねた。こうすれば、上体が起きて、周囲がよく見える。

芳子は二年ほど前、八つのときに結核を発症した。広尾《ひろお》病院への入院は十ヵ月に及び、小学三年生に留め置かれたのは、とてもかなしかった。

ペニシリンのおかげで結核は治癒し、退院したものの、体力は回復せず、麻布《あざぶ》の家で床に臥《ふ》せる日々が続いていた。

うつらうつらしながら、くり返し思い出すのは、東京がB―29の大編隊による空襲を受けた日のことだ。きょうだいのなかでひとりだけ福井の親戚にあずけられたのに、芳子は父に連れ戻された東京で大空襲にあったのである。

福井に疎開していたときのことは、よくおぼえていなかった。数えで四つから五つにかけてのことだし、心身が弱っていたせいもあるのだろう。満兄《みつる》さんによると、おとうさんがよくよく頼んでお金も十分に渡したのに、関西での用談のあとに足を伸ばしたところ、扱いがあまりにぞんざいだったので、怒って連れ帰ったのだという。

一年ぶりに会う妹は痩せ衰えていて、満兄さんも怒りが湧いたそうだ。明子《あきこ》姉さんに至っては、「おとうさんが莫迦《ばか》にされたんです。芳子だけでなく、私たちも軽んじられたんです」と言って悔し涙を流した。

昭和十四年生まれの芳子は明子姉さんと十一、満兄さんとでも七つ離れていた。父の久三《きゅうぞう》は明治三十年生まれ、母の伊代《いよ》は明治三十七年生まれだ。

そうした理由で、芳子が東京に戻ってふた月後に大空襲があり、外出していた父をのぞく家族四人と、お手伝いのトシさんとで庭の防空壕《ぼうくうごう》に籠もった。さいわい屋敷は焼けず、父も無事だったが、母は防空壕を出たあとに腹痛を訴えて、激しく苦しみだした。

芳子が鮮明におぼえているのは、満兄さんに手を引かれて、麻布の坂をくだっていたときのことだ。父に言われて、ふたりでお医者を呼びに行ったのだ。

平らな場所までおりたとき、満兄さんが不意に手を放した。そして妹の前に立ち、「芳子、おかあさんは死んじゃうんだ」と言った。

「えっ」と驚くと、「うそだよ」と満兄さんははっきり言ったのだ。そのときの、かなしみをたたえた、やさしく強い顔は、芳子の瞼《まぶた》に焼きついていた。

満兄さんはあのとき数えで十四の中学生だった。父と明子姉さんは母のそばについていたのだろう。

芳子は母の臨終もおぼえていなかった。うっすら記憶にあるのは、葬儀に来ていたひとたちが、「この時世に、よくこれだけの葬式を出せたものだ。さすがは伊藤久三だ」と感心していたことだ。

やがて戦争が終わり、芳子は小学校に入学した。ミー子が家に居つくようになったのは、そのころだった。ほんの子猫で、手を差し伸べると、芳子の指先を小さな舌でぺろぺろ舐《な》めた。同級生と机を並べての勉強は楽しかったが、しだいにかげんが悪くなり、結核と診断されたのだ。

入院しているあいだ、姉と兄はほとんど見舞いに来なかった。父は週に一度くらい来た。童話集をねだると買ってきてくれて、芳子は病院のベッドでオスカー・ワイルドの『幸福な王子』や、アンデルセンの『人魚姫』を読んだ。

机と椅子もあったが、微熱が引かず、ベッドでぼんやりしていることが多かった。

窓からは私立の学校が見えた。戦争に負けて、三年足らずというのに、黒塗りの車で送り迎えをしてもらう子女がいる。あんなふうではいけないと芳子は思ったが、退院して自宅に戻ったあともなかなか学校に行けないのがつらかった。

満兄さんは大学受験にむけて脇目も振らずに勉強していた。制度が変わり、割りを食っているらしく、たまに二階の洋室に来ては、芳子を相手に早口で不満を言った。明子姉さんは帰りが遅いことが多く、父とよく諍《いさか》いを起こしていた。

父は観光事業社を立ちあげるべく奔走していた。

昭和十年ころから、観光によって諸外国のひとびととの交際を図ることが欧米列強との融和に繋《つな》がると考えて、さまざまに活動していたという。

力及ばず、日本は米英と開戦し、多大な犠牲を払ったうえに全面降伏した。しかし、観光の意味がなくなったわけではない。諸外国のひとびとに日本を訪れてもらい、日本の側でも快く迎えることで平和国家の建設に寄与したいと、父は芳子に話した。

父は続けて、じつは自分も幼いときに産みの母を亡くしていると言った。数えの四つだったが、母の亡骸《なきがら》を納めた棺《ひつぎ》が運ばれてゆくようすをはっきりおぼえているという。

「こどもながら、無常をかんじたね。ただ、かなしみすぎるのも、よくないと気づいてね」

初めて聞くことで、芳子は胸を衝《つ》かれた。父は幼くして母を亡くし、人生のなかばで伴侶を失ったのだ。

芳子は早く復学して、学業を修め、父の観光事業を手伝いたいと思った。それと同時に、温かい家庭をつくりたいと思っていた。

母は美しく、とてもやさしいひとだったが、それもおぼろな記憶でしかない。十歳になったいま、気がかりなのは、母以外の誰から、こどものしつけ方や、家庭の切り盛りを学べばいいのかということだ。男勝りの明子姉さんはそもそも結婚に興味がないようだし、満兄さんが妻を娶《めと》るのはまだ先だろうから、うかうかしていたら、なにも知らないままお嫁に行くことになってしまう。

(まずは元気にならなくては)

そう戒めて、芳子は日がな臥せっていた。新聞や本を読むとき以外は、なるべく目を閉じている。それに、いつもベッドから見下ろしているので、ミー子のおなかが大きいことに、きょうまで気づかなかった。お手伝いのトシさんも、なにも言っていなかった。

あれこれ思い返しているうちに、ミー子は芳子が敷いてやった毛布のうえで子猫を産んだ。さかんに舐めて、胎児を包んでいるゼリー状の胞衣《えな》をおおよそ食べてしまったとき、二匹目が出てきた。その子を舐めているうちに三匹目、さらに四匹目と生まれ落ちた。

てっきり一匹、せいぜい二匹と思っていた芳子は目を丸くした。よく見れば、ミー子には乳首が四つある。胸ではなく、腹に四つの突起が見える。

四匹目の胞衣もきれいに舐めてしまうと、ミー子は自分の隠しどころを舐めた。そうして横たわった母猫の乳首に、子猫たちが吸いついた。

毛布に横臥《おうが》したミー子はいかにも満足していた。芳子は感心しながらも、自分だっていつかは丈夫な子を立派に産んでみせると胸に誓った。

日が傾いたころ、トシさんが部屋に入ってきた。

「あらまあ、そろそろだと思っていたら、芳子お嬢さんのお部屋で産みましたか」

エサと水は台所であげていたし、ミー子は玄関わきのトシさんの部屋にもよく来ていた。だから、てっきり自分のところで産むものだと思っていて、トシさんは父にそう話し、木箱やぼろ布を用意していたという。

「それじゃあ、あとでこちらに木箱を持ってきましょう。夜中に動きまわったり、鳴いたりで、うるさいでしょうが、えにしですから、ご辛抱願います」

トシさんによると、子を産んだばかりの母猫は気が立っている。人間の都合で子猫を別の場所に移すと、乳をあげなくなったり、育てるのをやめてしまうこともあるという。

「今夜はこのままでかまいません。気をつけて眠りますから」

そう言って芳子はベッドをおり、替えの寝巻を持って階下にむかった。

入浴と、ひとりでの夕食を済ませて二階に戻ると、ミー子と四匹の子猫は、床に置かれた木箱のなかで眠っていた。雪隠《せっちん》用の金盥《かなだらい》には細かく千切った新聞紙が入っていたが、まだ濡《ぬ》れていなかった。平皿の水には舐めたあとがあった。

芳子は身を寄せ合う猫の母子がうらやましかった。芳子だって母の懐に抱かれたはずだが、母のそばにいた月日はあまりに短かった。それに、こちらが物心つく前に亡くなってしまったので、自分が幼かったときのことを母に聞けないのが残念でならなかった。母との思い出がたくさんあるはずの、明子姉さんと満兄さんがうらやましかった。

「芳子お嬢さん、子猫をかまいすぎちゃいけませんよ」

四匹の誕生から一週間後に、トシさんに注意されたとき、芳子は真顔で首を振った。かまいたくても、そうたびたびベッドからおりられない。ただ、子猫たちはかわいらしくて、見ているだけで気が休まった。おかげで眠りも深く、夜中に目を覚ますこともない。食欲も増してきた気がする。

「それは失礼しました。では、勇み足ついでに申しますが、猫というのは、あらゆる方面において融通無碍《ゆうずうむげ》な生きものなんです」

トシさんは父と同郷で、その縁でこの家に来た。生まれ育った長屋には何匹もの猫が居ついていたという。

メス猫のさかりは十日ほど続く。そのあいだに何匹ものオス猫と交尾をするので、同じ日に同じ腹から生まれたきょうだいでも、模様がまるでちがうことがある。

トシさんの説明で、芳子はようやく合点がいった。ミー子が産んだ四匹のうち、二匹は母親と同じキジトラで、一匹は三毛、もう一匹は黒猫だったからだ。

キジトラとは、茶色の地に黒の縞《しま》が入った猫のことで、鳥のキジに模様が似ていることからその名が付いたとは、ミー子がこの家に居ついたころにトシさんが教えてくれた。たしかに、ミー子も二匹の子猫も、尻尾の先まできれいに黒い縞が入っている。

トシさんが見たところ、三毛と黒猫、それにキジトラの一匹はメスだという。つまりオスは一匹だけだ。

その区別は、芳子にもついていた。「チビ」と名付けたキジトラは、ほかの三匹、「三毛」「黒」「縞」よりもすばしこくて、しかも喧嘩《けんか》っ早いのだ。

やっぱりそうだと納得していると、トシさんが思いがけないことを言った。

「どの子も器量よしだから、すぐにもらい手が見つかりますよ」

「えっ」

驚いた芳子を、「ですから、さきほど、ああ申しあげたんです」とトシさんがたしなめた。

猫は成長がとても早い。春に生まれて、秋には子を産むメスもいる。若いメス猫が三匹も家にいたら、オス猫が集まってきて大変なことになってしまう。それに、世の中がようやくおちついてきて、ネズミを獲《と》る猫を欲しがるひとは多い。

「そうね」と応じながらも、芳子はできるだけ長く子猫たちと一緒にいたかった。

子猫たちは、生まれた翌日にはもう歩いた。この部屋から出て、階段を転げ落ちたら大変なので、ドアはしっかり閉じることにした。

ミー子は出産の疲れからか、横になっていることが多かった。そのミー子の乳に、チビが吸いつき、それを見てほかの三匹も吸いにいく。

ただし、仲良くとはいかず、チビがきょうだいにちょっかいを出す。前足で、三毛や黒の頭を押したり、小突いたりするのだ。ミー子は知らん顔をしているが、チビの叩《たた》き方があんまり強いと、やおら起きあがって厳しく叱る。

「フウー」と声を荒らげるときもあれば、前足でチビの頭を押さえつけるときもある。

噛《か》みつくこともある。ミー子に叱られたチビがいじけて、部屋の隅で丸まってしまったときは、あんまりおかしくて、芳子はひとしきり笑った。

子猫がオシッコやウンチを床にしてしまったときも、ミー子は怒った。そして、お手本を見せるように金盥で用を済ませて、前足で新聞紙を掻《か》き寄せ、排せつ物をきれいにおおい隠した。

子猫たちは母猫にならい、粗相をしなくなった。

元気になってきた芳子は小まめにベッドからおりて、汚れた新聞紙を片づけた。ハサミで新聞紙を刻み、金盥に敷いてやった。

するとミー子が寄ってきて、お礼のつもりなのか、芳子にまとわりついた。チビをはじめとする四匹の子猫たちも浴衣の裾にすり寄った。芳子は猫たちがかわいくてならなかったが、トシさんの注意を守って、抱きあげはしなかった。

しつけだけでなく、ミー子は遊んでやるのもじょうずだ。自分の頭をベッドの奥に隠して、外に出した尻尾《しっぽ》を左右にゆらせると、子猫たちは興奮して、前足でつかみにかかる。五分でも、十分でも、母猫の尻尾にもてあそばれている。

ミー子がベッドの端から尻尾を垂らして、子猫たちが跳びつくパターンもある。チビたちは夢中だが、ミー子はどこ吹く風だ。

そんなとき、芳子と目が合うと、ミー子は「こどもたちって、しょうもないわよね。

でも、かわいくって」と同じ女性に共感を求める表情をした。

また、乳を吸っていた子猫たちが離れると、ミー子は頭を低くして、両方の前脚を前方に突っ張り、背中を反らせた。そして、お尻を持ち上げたポーズのまま、大きなあくびをする。

「あ〜あ、くたびれた。肩がこっちゃった」という声が聞こえてくるようで、「お疲れさま」と芳子はねぎらいのことばをかけた。

やがて離乳期がくると、ミー子は煮干しやアジの骨を噛み砕いて、子猫たちにやった。そのころには三毛、黒、縞もたくましくなって、チビと取っ組み合いをした。ただし度がすぎるとミー子が割って入り、それぞれを叱った。

「見あげた母猫ですね。きっと天国のおかあさまが遣わされたんでしょう。それで、ミー子はお宅で健在なんですか」

岸川典光《きしかわのりみつ》さんに聞かれて、「それが」と芳子が口ごもったのは、子猫たちがもらわれていったあとに、ミー子もトシさんがつれていったからだ。芳子が十二のときに父の後添いとなった志津子《しづこ》さんと反りが合わず、トシさんは暇をもらったのである。

その後、一家は四谷《よつや》の新居に移り、トシさんと疎遠になってしまったので、ミー子がどこでどうしているのかはわからない。ただ、トシさんのことだから、ないがしろにはしていないはずだ。

「それはそうでしょう」と典光さんはおだやかに応じ、「子猫たちも、それぞれ親になって、元気にしているんでしょう」と続けた。

「はい。ただ、チビのことは心配なんです。あの子は、もらわれる前にいなくなってしまいましたから」

きのうのことのように気をせかせて話す二十二歳の芳子に、三つ上の典光さんがやさしい笑顔を向けた。

ふたりがいるのは、帝国ホテルの一階にあるパーラーだった。芳子は短大の英文科を卒業後に父の縁故で交通公社に入り、帝国ホテルのブースで、来日した外国人観光客のツアープランニングを担当していた。

昭和三十六年当時、国際線の旅客機が発着するのは羽田《はねだ》空港のみ。新幹線も開通していなかったので、特急列車で西にむかい、主に京都や奈良を観光して、また東京に戻ってくる。英語を解する日本人はごく少なかったから、鉄道切符の手配や旅館の予約を東京でまとめて済ませてしまうのだ。

典光さんは前年に司法修習を終えたばかりの新米弁護士で、所属する法律事務所が父の観光事業社の顧問をしていることから知り合った。

チビがいなくなったのは、ほかの三匹がもらわれていった日の夜だった。チビにも、もらい手がいたのだが、先方の都合で、まずはメス猫たちがそれぞれ別の家にもらわれていった。すると、その晩、チビはいずこともなく姿を消したのだ。

誕生から半年ほどがすぎた十月なかばで、芳子は九月の初めから小学校に復学していた。子猫たちは、ミー子とともにトシさんの部屋に移っていたので、正直に言えば、芳子は猫たちのことをあまり気にかけていなかった。

「芳子お嬢さんの部屋にも、チビはいませんか」

トシさんに聞かれて初めて、芳子は三毛、黒、縞の三匹が前日にもらわれていったことを知った。いずれそうなると思っていたので、取り乱しはしなかったが、チビが姿を消したことは強い印象を残した。

「それは、同じ男性として、かんじるものがありますね」

典光さんは兄と弟に挟まれた次男で、十歳のときに、末の妹を病で亡くしている。そしてそのことが弘前《ひろさき》を出ようと思うきっかけになったという。

「チビは、どこかで、たくましく生きていますよ。いいじゃありませんか、キジトラの猫を見かけたら、チビのこどもだと思えばいい」

そんなふうに考えられる典光さんに、芳子は強い信頼を抱いた。

すでに二度、見合いをさせられていて、来月には三度目がおこなわれることになっていた。相手は、運輸省に任官している満兄さんの後輩で、会ってしまうと断るのは難しそうだった。

芳子は思い切って、そのことを典光さんに話した。そして今度の土曜日に、四谷の家に来てほしいと頼んだのだ。

それから二年後の五月、初産を控えた二十四歳の芳子は新宿区の聖母病院にいた。明け方に陣痛が始まり、典光さんとタクシーに乗った。

ただ、平日なので、典光さんは付き添っていられない。医師にも、本格的な陣痛が始まるのは夕方でしょうと言われた。

「おとうさんに電話をしておきました。あとで志津子さんが来てくれるそうです」

そう言って典光さんは丸《まる》の内《うち》の法律事務所に行ってしまい、芳子はひとりで病院に残された。

志津子さんは新橋《しんばし》の花柳界でその名を謳《うた》われた名妓《めいぎ》で、男ぶりの好《よ》い父とはお似合いだった。生け花、お茶、三味線、謡曲と芸事に通じていて、四谷に拵《こしら》えた住まいも小いきだった。

ところが、志津子さんはトシさんだけでなく、明子姉さんと満兄さんとも反りが合わなかった。姉と兄はそれだけ母への思いが強かったのだろう。芳子だって、わだかまりがないわけではなかったが、父の気苦労をこれ以上増やしたくなかった。

典光さんと結婚後、上落合《かみおちあい》にアパートを借りたのは、四谷の家に近いからだ。芳子はこのまま父のそばにいたいと思っていたが、典光さんはいずれ郊外の一戸建てに住みたいと言った。冬のあいだ雪に閉ざされる弘前で育ったので、温暖な湘南《しょうなん》地方に憧れがあるという。

明子姉さんは登戸《のぼりと》にいて、ふたりのこどもを抱えていた。典光さんの両親は弘前なので、そう簡単に出てこられない。子育てをしたことのない志津子さんが来てくれても頼りにはならない。

昼食後に下腹が痛みだし、芳子はいよいよかと覚悟を決めた。ところが、少しすると痛みが引いてしまう。

じりじりしながら、芳子はあらためてミー子の勇姿を思い返した。掛布団の裾に置いてやった毛布のうえで、キジトラのメス猫は四匹の子猫を産んだのだ。医師の手も、お産婆の手も借りずに、自分だけで。

「見ていなさい、わたしだって立派に産んでみせるから」

胸のうちでミー子に誓いながら、芳子は典光さんのことばを思いだした。

「見あげた母猫ですね。きっと天国のおかあさまが遣わされたんでしょう」

「本当に、そうかもしれない」

そう呟《つぶや》くと、お腹《なか》が締め付けられた。さっきまでとは、痛みの強さがちがう。ついに、そのときが来たのだ。

「おかあさん、どうか見守ってください」

芳子は歯を食いしばって寝台からおりると、壁に手を突きながら歩を進めて、看護婦を呼ぶために廊下に出た。

第二話　やさしく透きとおる

「おい、おまえさん。どうした？」

岸川ミカズは茶色の猫に声をかけた。ミカズが近づいても、室外機のうえに横たわる大柄な猫は逃げなかった。それどころか、丸い顔をじっとむけてくる。

のら猫が庭に入ってくるのは毎日のことで、なかには陽《ひ》だまりで昼寝をしている図々《ずうずう》しい猫もいる。ただし、こちらに気づくと一目散に逃げていく。それなのに、この猫は逃げる気配がない。

くたびれた毛並みからすると、かなりの老齢らしいが、金色の目にはかしこさが見てとれて、病気というわけでもないようだ。

「まあ、いいや。そこにいてもいいけど、エサはやらないよ」

五月なかばの午後五時すぎで、西日が猫の毛を輝かせている。悪くない光景だが、お義母《かあ》さんが生きていたら、容赦なく追い払っていただろう。

ミカズの妻順子《じゅんこ》の母和代《かずよ》さんは草木が好きで、この庭に生い茂る木々は、ケヤキの大木と竹林をのぞき、和代さんが植えたそうだ。

大工の家に生まれ育ち、棟梁《とうりょう》である父親が間取りや庭木について話すのを聞くともなく聞くうちに、おのずと造詣が深まったらしい。木々と庭石の取り合わせがすばらしく、なにより手入れがしっかりしている。

門にかぶる五葉松も、中庭の枝垂れ梅も、見事な枝ぶりだ。ガラス作家のミカズを訪ねてくる画商や美術雑誌の編集者は口々に褒めて、生前の和代さんを喜ばせた。

春には、枝垂れ梅に続き、木瓜《ぼけ》が丸くて赤い花をたわわに咲かせる。タンポポや花ニラもたくさん咲く。秋には、鈴なりの柚子《ゆず》が黄色に色づく。

小学校の教員だった和代さんは、かつての教え子や後輩の教員たちに気前よく柚子を分けた。なかには、持ち帰った柚子でジャムをつくってきてくれるひともいる。柚子大根や、柚子をきかせた白菜の漬物、はてはブリ大根をつくって届けてくれるひとまでいる。和代先生は料理が大の苦手というのは、教え子たちにも周知の事実だったわけだ。

そんな弱みも含めて慕われていた義母は昨年の四月九日に亡くなった。享年八十四。一月十七日には、義父の有一《ゆういち》さんがやはり八十四歳で亡くなっていた。つまり、わずか三ヵ月ほどのあいだに、順子は同居していた両親を立て続けに亡くしたのである。しかも、ひとり娘なので、ミカズは妻を助けて、二度の葬儀をとりおこなった。

有一さんは自身の出身校でもある朝霞《あさか》の小中学校で校長をつとめた地域の名士で、四百名を超える会葬者があった。和代さんの葬儀にも百五十名ほどが見えて、ミカズはあらためて義父母の人望を知った。市内に住む叔父さんや叔母さんも、立派な葬儀だったとねぎらってくれた。

相続税もきちんと納めて、ミカズと順子、それに侑子《ゆうこ》と航太《こうた》の家族四人は順子の名義になった地所で、これまでどおりに暮らしていた。ただし、ミカズはどうにもおちつかなかった。

一昨年の三月十一日には東日本大震災がおきた。何度となく余震があり、計画停電による不便、なにより福島第一原子力発電所での事故が不安を増幅させた。

経験したことのない年がようやくすぎたと思ったとき、義父が体調を崩してそのまま亡くなった。義母もあとを追うように他界したため、この二年は気の休まらない日々が続いていた。

しかし、その間もミカズはガラス製品の制作に打ち込んだ。注文は絶えず、とくに海外からの注文が例年よりも多かったのは、大地震と大津波に襲われた日本のひとびとを激励しようという気持ちからなのだろう。その旨を記したメールも届いており、ミカズは感謝を込めてガラスを吹いた。

ところが、今年の春先に義父母の一周忌を済ませたあと、ミカズは不振におちいった。妻やこどもたちが家にいる土日はともかく、ひとりになる平日の昼間がいけない。竹林とケヤキの大木のあいだに建つ工房でガラスを吹いても、ちっとも調子が出ない。しくじりはしないが、制作のペースが遅いし、段取りも悪い。なにより気持ちがすっきりしない。

「いくら、なりゆきまかせが信条でも、四十六歳で転職はきついぞ」

自分しかいないバラック小屋で自嘲したのは、企業の研究職に行き詰りを覚えていた二十四、五歳ごろもこんなかんじだったからだ。

ガラスとの運命的な出会いは中学三年生の六月。修学旅行で訪れた京都伏見《ふしみ》の土産物店で、ミカズはポッペンを買った。喜多川歌麿《うたまろ》の美人画にも描かれたガラス製の玩具が立てるユーモラスな音が気に入ったのだ。

細い管をそっと吸うと、喇叭《らっぱ》型の縁に張られた極薄のガラスが前後に動いて、「ポッペン」と乾いた音が鳴る。

その後、古代文明と誕生を共にするガラスの歴史や、混合する物質によって色合いや性質が大きく変わることを知り、ガラスへの関心が高まった。

母方の祖母が茶道や華道を嗜《たしな》むひとで、四谷の古い家にギヤマンの水指や抹茶茶碗《ぢゃわん》、それに花瓶や鉢があったのも大きかった。すぐれた作品を手にすることで、ミカズはガラスにますます魅せられた。

気候が温和な藤沢《ふじさわ》で生まれ育ったのに、北海道大学の工学部を目ざしたのは、なにより遠くに行きたかったからだ。

いくら親子の仲が良くても、たぎる冒険心を抑えることはできない。三つうえの兄が、父も卒業した東京大学法学部で学んでいたことも、次男の行動範囲を広げた。

割れた窓ガラスや空瓶などの廃材を利用する琉球《りゅうきゅう》ガラスにも興味があったが、その時点では北の大地への憧れが勝った。

札幌の中心部に位置する緑豊かなキャンパスで勉強に励むかたわら、ミカズはアルバイトに精をだした。中学校はサッカー部、高校ではラグビー部で鍛えた肉体を活《い》かし、引っ越しや雪下ろしで汗を流したのは、ガラスの本場イタリアに旅行するためだ。

急激に進む円高のおかげで、ミカズは計画より半年早い大学二年生の夏休みにヴェネツィアにむかった。大学三年生になる前の春休みにはヴェネツィアを再訪し、チェコのプラハにも足を伸ばした。

自分でも研究室の炉で溶かした飴色《あめいろ》のガラスを吹いて、コップやジョッキを作った。失敗しても、溶かせばまた使えるのがガラスのいいところだ。倦《う》まず弛《たゆ》まず繰り返すうちに、玄人はだしの腕前になった。

「僕もビールを飲むのに愛用させてもらっているがね、食器の制作は趣味にとどめて、社会の発展のために力を発揮してもらわないと」

指導教授の強い勧めで、ミカズは都内に本社がある大手のガラス会社に就職した。民間のほうが研究費は潤沢だし、今後は官民の垣根が取り払われていくので、大学にとどまるメリットは少ないと言われての入社だった。

光ファイバーに用いる新素材を開発するチームに配属されたミカズは日夜実験に追われた。近い将来見込まれる通信量の大幅増に対応し、通信速度も上げる。コストの削減も達成する。特許を取得し、商品化に成功すれば、会社に多大な収益をもたらす最重要のプロジェクトだ。

他社にさきがけるため、休日返上で働き、実験室に泊まり込むこともしょっちゅうだったが、ミカズは手を抜かず、愚痴もこぼさなかった。

そうした態度が評価されたのか、初めてもらった夏のボーナスが手取りで八十万円もあったのには驚いた。冬のボーナスは二百万円を超えた。都市銀行や大手証券会社の新入社員はもっともらっているという。

一九八九年の東京は、のちにバブル経済と呼ばれる空前の好景気に沸いていた。同僚のなかには、夜な夜な歓楽街にくりだす者たちもいたが、ミカズは一度で懲りた。

「東京での会社勤めがこんなふうだとわかっていたら、札幌で大学院に進んでおくんだった」

表参道《おもてさんどう》にある独身寮で、ミカズは毎晩のようにぼやいた。

「驕《おご》れる者は久しからず。誰がどうなろうと知ったこっちゃないが、まわりに合わせて浮かれていたら、性根が腐って、取り返しのつかないことになる」

寒さの厳しい北海道で暮らすひとたちは辛抱強く、物腰も低い。なにより父は手弁当をいとわない人権派の弁護士で、司法試験に合格して判事補になった兄も欲に目がくらむタイプではない。

正義漢ということでは父や兄に引けを取らないつもりだが、ミカズは次男坊らしい呑《のん》気《き》さで、なりゆきまかせ、行き当たりばったりの人生を送ればいいと思っていた。

勉強は人並みにできるし、高校のラグビー部ではキャプテンにしてスタンドオフをつとめた。人見知りをしない、明るい性格は母ゆずりだ。

「世界中、どこに放りだされても生きのびられる男になりたい」

思いついたままを高校の卒業アルバムに書くと、当時付き合っていた彼女にむくれられた。ラグビー部のマネージャーで、高二の春に告白されたのだ。

「北大に行くつもりだし、そうなったら年に一回帰省するかどうかだから」と断ったのだが、「それでもかまわない」と押し切られた。

「やっぱり、わたしのことは頭にないのね」

「頼りがいのある男のほうがいいだろ」

あわてて取り繕ったものの、すっかりへそを曲げられた。

携帯電話も、インターネットもない時代に遠距離恋愛を続けるのは容易ではなく、大学二年目の六月に彼女のほうから別れを切りだしてきた。冬休みに続いて春休みにも帰省せず、イタリア旅行にむけてアルバイトに励んだのが決定打になったらしい。

「一日だけでもいいから帰ってきてほしかった。」

最後の手紙にそう書かれていたが、学割の周遊券でも一万五千円ほどする。飛行機だと、スカイメイトを利用しても、その他の交通費を入れれば、三万円は用意しなければならない。

仕送りは下宿代と教科書代に消えて、服も高校時代の学ランやラグビーのジャージで間に合わせていた。北大生は男子も女子も似たり寄ったりで、あか抜けない格好で広いキャンパスを闊歩《かっぽ》しているのが頼もしかった。

そんなつましい学生生活を送ったミカズは、好景気に沸く東京が肌に合わなかった。溺愛してくれた四谷の祖母も、ミカズが社会人になった年に亡くなっていた。

光ファイバーに用いる新素材の開発も遅々として進まず、ついにはプロジェクトのリーダーが更迭された。

新しい部長は切れ者とのふれこみだったが、メンバーを「スペシャル」と「グズ」に分けて、「グズ」に落ちたくなければ成果をだせとプレッシャーをかける最低な野郎だった。

職場の雰囲気が悪くなっても、ミカズは酒やギャンブルに走らなかった。四、五日続けて休みが取れれば、沖縄の竹富島《たけとみじま》にむかい、懇意にしているガラス作家の家に泊めてもらう。山猫のような、耳が尖《とが》った大型の猫に迎えられて、ミカズは波音の聞こえる工房でガラスを吹いた。

よほど気持ちを強く持たなければ、飴色に溶けた高温のガラスを望むかたちに仕上げることはできない。

「ミカズちゃんのガラスはさあ、いい意味で表情があるさ。自分でも、手ごたえをかんじてるでしょ。でもさあ、会社を辞めたらとは言わないさ。それは、運命が決めることだからよ」

淡い青色のコップを手にした普久原由太郎《ふくはらゆうたろう》さんは、沖縄のひとらしい、ゆったりした口調で言った。ミカズの父親と同じくらいの年格好で、真白な髪を無造作に伸ばしている。

由太郎さんと知り合ったのは二十歳の冬だ。二度のイタリア旅行のあいだで、札幌と那覇を結ぶ新路線のキャンペーンフライトに当選したのである。オープンチケットで、有効期間は年内。沖縄での滞在費は自分持ち。

教養部で同じクラスだった佐藤順子《さとうじゅんこ》さんからもらった応募ハガキを投函《とうかん》したのは六月のはじめで、まさか当たるとは思っていなかった。

九月なかばに簡易書留が届いたときも、ミカズはすぐには思い当たらなかったほどだ。工学部のカリキュラムは過密で、休みをつくるのは難しいが、せっかくの機会を無駄にするのはもったいない。

「かえって悪いことをしちゃいましたね」

ミカズが当選したことを伝えると、佐藤さんは申しわけながった。

北大の学生は、ざっと見で男子が7に女子が3くらい。おもに工学部に進む理Ⅱ系は女子の割合がさらに下がる。

つまり女子は超貴重で、佐藤さんはクラスの男子のあいだで「サトジュン」とアイドルのように呼ばれていた。ただし美形でも、かわいらしくもない。しっかりした体形と顔つきで、一浪しているせいもあるのだろうが、雰囲気もおちついている。

埼玉県の出身、土木工学科に進み、老朽化してゆく橋脚やトンネルの補修について研究したい。ただ、地元に戻って高校の教員になることも考えている。理数系に進む女子学生の裾野を広げたいという。

「長い目でものごとを考えるひとだな」というのが、オリエンテーションでの自己紹介を聞いたミカズの感想だった。

しかも佐藤さんは立候補して、教養部自治会のクラス代表になった。

「ミカズって、なにか出典があることばですか？」

同じ日のコンパで同じテーブルになった佐藤さんが聞いてきた。

「素敵な音ですよね。ミカヅキを縮めたのかと思ったんですけど、それなら『ツ』に点々だし、一音抜いて名前にするっていうのも、ちょっと変ですよね。となると、ご両親のどちらかが三十一歳のときのお子さんか。もしくは三十一日生まれか、三月一日生まれ」

「ご名答。ぼくは三月一日の早生まれです」

「わあ、わたし、めずらしく冴《さ》えてる」

佐藤さんは両親がともに三十八歳のときに誕生した。最初は、三と八にちなんで「サヤ」という音の名前にしようと思い、漢字をいろいろ当てはめていたところ、どういうわけか「順子」におちついたそうで、それがいまの推理に繋がった。

「調子に乗って、小声で聞きますが、お付き合いされている方は……。そうですよね、そうだと思います」

今度はがっかりさせてしまったが、うそを言うわけにはいかない。

「では、そこは弁《わきま》えたうえで、これからもおしゃべりをさせてください」

そんなあいだがらで、折にふれ話してきた。佐藤さんは北海道開拓の歴史や社会問題に関心があり、三年前に発生した夕張《ゆうばり》炭鉱での事故に関する学習会にミカズをさそった。そうかと思えば、六月の教養祭では、映画研究会によるオールナイト上映を一緒に観た。

だから、佐藤さんが沖縄往復のチケットが当たる応募ハガキをくれたのも、意外なことではなかった。

ミカズは十二月二十六日に札幌を発《た》ち、大晦日《おおみそか》の便で那覇から戻ることにした。せわしないので、この冬も藤沢には帰省しない。

電話で母に伝えると、めずらしく父が代わった。それは良い機会だから、沖縄本島の戦地跡や米軍基地の現状を見てきたらいいとすすめられたが、那覇空港に降り立ったミカズは国際通りをぶらついて、目にとまった米軍払下げの編み上げ靴を買うと、埠頭《ふとう》にむかい、石垣島《いしがきじま》に渡る客船に乗った。

夕方の出航で、翌朝石垣島に着く。それなら宿代を浮かせられると、千歳《ちとせ》空港から乗った飛行機のなかでガイドブックをめくっているうちに思いついたのだ。実験のレポートをまとめるのに時間がかかり、沖縄での予定は立てていなかった。

干しタラを持ってきたのは、予想される空腹に備えるためだ。当時は、二十四時間営業のコンビニエンスストアなどなかったし、マクドナルドをはじめとするファストフード店が閉まる時刻も早かった。ましてや初めて行く沖縄の事情はわからない。

そんな次第で、ミカズは青函連絡船とよく似た大きさの客船に乗り込み、夕陽に染まる海を南西に進んだ。

すっかり暮れてからデッキを離れて、乗客のまばらな絨毯《じゅうたん》席で干しタラをしゃぶっていると、「おいしそうだね」と声をかけてきたのが由太郎さんだった。

「そんないい匂いがするものを、ひとりで食べてちゃいけないさぁ」

酔っ払いがからんできたのかと思ったが、相手の顔つきと佇《たたず》まいに、ミカズは伸ばしていた脚を畳んで正座になった。

(これまで会ったひとのなかで一番だ)

どうしてそう思うのだろうと自問しつつ、ミカズは干しタラの袋を差しだした。

「札幌の二条市場で買ったものです」

「あい、あなた、北海道のひと」

藍染めの、作務衣《さむえ》のような服を着た由太郎さんはミカズのむかいに胡坐《あぐら》をかいた。骨ばったからだで、手と足が異様にゴツイ。

「あなたも、ひざを崩しなさいよ」と言われたが、ミカズはかたくなに首を振った。

「船に酔ってもしらないさ」

ミカズはかしこまった姿勢を変えなかった。

「いっぺーまーさん。いい匂いがしただけあるねえ。やっぱり、魚は北のほうがおいしいさ。これ、飲みなさい」

由太郎さんは懐からスキットルとガラスの杯をふたつ取りだした。

「泡盛は、飲んだことある?」

首を振って手にした杯に、とろりとした酒がつがれた。黄みがかったガラスが、満たされた泡盛で艶やかに透きとおる。

「強いお酒だからよ。その一杯を、ひと晩かけて飲むつもりで、ちょっとずつ、舐めるくらいにして」

指示にうなずき、酒杯にくちびるを寄せる。華やかな香りが鼻を抜けて、強い刺激で喉と胃が熱くなる。

(酒もすごいが、この杯の見事なこと。やっぱり器は使ってこそだ)

もうひと口すすり、干しタラをしゃぶる。

こころよい酔いに身をまかせながら、ミカズはガラスの杯をめでた。ぐい飲みより、ひとまわり大きくて、胴が張っている。これなら量が入るし、少々酔っても酒がこぼれない。

誰が奏でているのか、三線《さんしん》の音が聞こえる。灯《あか》りが落ちた船内に、沖縄の唄が静かに響く。

いつの間にか眠りに引き込まれて、気がつくと夜が明けていた。空になった杯は掌《たなごころ》のなかにあり、昨夜の邂逅《かいこう》が夢でないことを知らせていた。

朝の光にかざすと、ガラスの表面に無数の細かな傷がついている。それはこの酒杯がたくさんのひとたちを酔わせてきたあかしだ。そのひとりに加われたのが、とてもうれしい。四谷の祖母の茶道具もすばらしかったが、お点前《てまえ》の場は行儀が良すぎる。

口幅ったいと知りつつ、ミカズは由太郎さんに自分の気持ちを伝えた。

「ごちそうさまでした」と言って杯を返すと、「これさあ、わんが作ったさ」と由太郎さんがはにかんだ。そして、「うちにおいでよ」と誘われた。

石垣島に着いたミカズは小型のボートで浅い海を渡った。竹富島の船着き場では、野生動物を思わせる大きな猫が由太郎さんの帰りを待っていた。

キキという名のオス猫のあとから、砕かれた珊瑚《さんご》が敷かれた凸凹道を歩いてゆく。

「沖縄特有の、床の高い家でね。すわっていると、潮風が床板の下を吹き抜けるのさ。平らな島だから、顔をあげれば、青い海が見えて」

雪が降りしきる正月明けの札幌で、ミカズはレンガ色のセーターを着た佐藤順子さんに普久原由太郎さんとの出会いを話した。

北大の正門と古河講堂の中間にある構内で一番おちついた食堂で、ミカズは一年生の夏休みに両親と来ていたが、佐藤さんは初めてだという。

「まさか、そんな家に泊まることになると思っていなかったし、由太郎さんもキキも、ただならない雰囲気があるから、じつはここは竜宮城の一種で、このまま帰れなくなったらどうしようって心配になったくらいでさ」

佐藤さんはすっかり引き込まれて聞いている。ミカズは勇気をふるい、夏休みに行ったイタリアのローマとヴェネツィア、そして今回の沖縄行きと、遠く離れた場所に旅行するなかで考えたことを話した。

イタリアの街があまりにすばらしくて、じつは困っていた。古代から中世、さらには近代へと、豊かで濃密な暮らしが連綿と受け継がれてきたヨーロッパの都市を知ってしまうと、東京でさえ、急ごしらえの半端な街に見える。まして札幌はさらに歴史が浅い。「ローマの屋台で食べた、牛モツのサンドイッチが異様なほどうまかったんだよね。一杯百円もしないワインもおいしくてさ。大通公園でトウキビをかじりながら飲む生ビールもおいしいけど、はっきりそれ以上だと思った。それに街角で奏でられる音楽も、いかにも街にとけ込んでいてさ。つまり、ぼくらより、イタリアの連中のほうが、真っ当な手ごたえのある生活をしているってこと。でも、由太郎さんが作ったガラスの杯で飲んだ泡盛と干しタラの組み合わせは、ローマの屋台に負けていなかったんだよね。少なくとも、北海道と沖縄には可能性がある。それがわかったのが一番の収穫だった」

胸に手を当てて聞いていた佐藤さんが緊張した面持ちでうなずいた。そしてミカズがまじめに物事を考え続けているから、そうした幸福な出会いが訪れたのだと言った。

「たしかに、ぼくに運がまるでないわけじゃないけれど、あなたがくれた応募ハガキだから、当選したとも言えるわけですからね」

ミカズはかつてなく高揚していた。いまなら、好意をうちあけてもかまわないわけだが、一度断っているという負い目がある。それに由太郎さんにも女性関係は慎むように戒められていた。

「あなたみたいな男ぶりだと、女性が放っておかないでしょう。でもねえ、誰かれかまわず応じてちゃダメだよ。勘が鈍るし、運も逃げる。だいじょうぶ、苦しいときに手を差し伸べてくれるひとがあらわれるから」

無用な疑いを招く必要もないので、その忠告は佐藤さんに教えず、ミカズは由太郎さんから吹きガラスの手ほどきを受けたことを話した。

お世話になった三日間、ひたすらガラスを吹いていた。観光客の体験ではなく、師匠に鍛えてもらう弟子のつもりで、高さ十センチのコップをいくつも作った。おかげで、これまでの何倍も、ガラスがわかった気がしている。

「研究室でもガラスを吹くつもりだから、自信作ができたら、差し上げます。そう思って、出来合いのお土産は買ってこなかったんだ。でまかせで言ってるんじゃないからね」

ほとんどプロポーズをしている気持ちでミカズは言った。

「ミカズさん、どんどん世界が広がっていますね。そして深まってもいる」

「うん。自分でもそう思う。でも、かえって身の振り方がわからなくなっている気もする。春休みに、もう一度ヴェネツィアに行くんだ。チェコのプラハにも。最初にイタリアに行く前から決めていたことで、おさらいのためというか、最初はどうしたって興奮しちゃうから、ヨーロッパの街をおちついて見直すためなんだけど、あいだに沖縄に行けて、本当に良かった」

ミカズはさらに、いつか自分の工房をかまえて、ガラス作りをしたいと言った。

「趣味じゃなく、それを生業《なりわい》にしたい。ただし、いまのぼくじゃあ、とても無理だというのもわかっている。いろいろな場所に行って、いろんなひとにあって、もっと自分を鍛えないと、存在感のあるものは作れない」

「また話を聞かせてください。でも、三年生になったら、おたがい、いま以上に忙しくなってしまうんでしょうね」

残念ながら佐藤さんの予想は当たり、ふたりはそれきりゆっくり話す機会を持てないまま、卒業の日を迎えた。しかも式場に佐藤さんの姿はなかった。

土木工学科の学生に聞くと、佐藤順子さんは祖父の容体が急変したため、埼玉県の実家に帰っている。自分たちも佐藤さんと一緒に卒業したかったので、残念でならないということ。

十一月のはじめに、工学部のローンで鉢合わせしたとき、ミカズは大手企業に就職することを伝えた。表参道に独身寮があり、そこに入ると思うと言うと、佐藤さんは埼玉県の教員採用試験に合格したという。もっと話したかったが、こちらも急いでいたし、むこうも時間がないようだった。

まさか、それが北大のキャンパスで会う最後になるとは思ってもみなかった。

ミカズは佐藤さんに渡すつもりだった手製のティーカップとコップを木箱に納めたまま、四年間の大学生活を終えて内地に戻った。

入社して四回目の春が来たとき、二十五歳のミカズは企業の研究職を続ける意欲を失っていた。新部長は一年で退き、元の部長が返り咲いたものの、だからといって新素材の開発に展望が開けたわけではなかった。

ミカズが会社から期待されている役割は、根気のある、精度の高い実験要員でしかない。やはり、なりゆきまかせなどと、呑気なことを言っていてはいけなかったのだ。

ミカズが行き詰っていることは、由太郎さんにはお見通しだったのだろう。前年の年末に竹富島を訪ねたとき、一冊のノートを渡された。秘伝ともいえるガラスと金属の配合、それに炉の温度と加熱する時間が詳しく書き記されていて、ミカズは驚いた。

「いずれ、自分なりのガラスを生みだすにしても、まずは食べていかないとね」

由太郎さんはもう友人のためにしかガラスを吹いていない。唯一取引のある銀座《ぎんざ》の画商に宛てた紹介状も渡されたが、それでもミカズはふんぎりがつかなかった。

一九九〇年代なかばの日本経済は、一時期の勢いを失いつつあった。しかしミカズの目に、ひとびとは相変わらず浮かれているようにしか見えなかった。

飴色に溶けた高温のガラスに立ちむかい、精魂込めてコップや杯を作ったとしても、それを大切に使ってくれるひとたちの姿がイメージできない。

佐藤さんに会いたくても、実家の住所がわからない。工学部の同窓会に問い合わせればわかるのかもしれないが、こんなていたらくでは、とても顔を合わせられない。

神宮外苑《じんぐうがいえん》への深夜の散歩を唯一の気晴らしにしながら、ミカズは浮かない日々をおくっていた。もっとも、夜空を眺める余裕はなく、パーカーのフードで顔をおおい、足元は編み上げ靴で固めている。初めて沖縄に行ったときに、那覇の国際通りで買った、底の厚い、頑丈な靴で、札幌の雪にも余裕で耐えた。

四月もなかばをすぎ、去年までなら、ゴールデンウィークの竹富島行きを指折り数えていた。しかし、由太郎さんにはもう甘えられない。おめおめ訪ねていって、キキに阻まれたら、とても生きていられない。耳の尖った大型の猫は、由太郎さんが認めたひと以外を家に寄せつけなかった。

「火事だ」と声がしたのは、独身寮の近くまで戻ってきたときだ。バチバチと音がして、裏通りの一角が急に明るくなった。

引き寄せられるように駆けてゆくと、「助けて、こどもがまだ二階に」と母親らしい女性が泣き叫んでいる。

燃えさかる家に飛び込んだミカズは、炎に包まれた階段をのぼりながら、自分のからだが飴色に溶けてゆく気がした。

「ぼくは溶けてもいいけど、抱きかかえたあの子は、溶かしちゃいけないと思ったんだなあ」

意識を取り戻した病院のベッドで、ミカズは三年半ぶりに会う佐藤さんに語った。すると、滂沱《ぼうだ》の涙が流れて、とまらなくなった。

焼け落ちてきた壁板で肩から背中にかけて大やけどを負ったミカズは、うつ伏せのまま泣き続けた。パーカーのフードのおかげで頭と顔は無事だったが、全治三〜四ヵ月の重傷と診断された。履いていたのが軍靴でなければ、まちがいなく両足を失っていたという。

佐藤さんは毎週土曜日の夕方、都心にある病院にやってきた。そして三〜四時間をともにすごし、消灯時間の午後九時前に帰ってゆく。

深夜の火事を報じた早朝のニュース番組で、救出された男の子は軽症だが、近くに住む会社員の岸川ミカズさんは意識不明の重体と報道されたため、佐藤さんは気が動転したという。

「おたおたしていたら、母に叱られたんです。『なにがあっても、教員のつとめを果たしなさい。このひとだって、命がけで、ひととしてのつとめを果たしたんだから』って。それで出勤はしたんですけど、昼休みの職員室で、母からの伝言を記したメモに、『岸川さんは意識を回復したそうです』とあるのを見たとたん、泣きくずれてしまいました」

消火活動によって負傷した民間人に対しては、行政が治療費の全額を負担する。まさに、一命を賭《と》しての救助だったため、ミカズは渋谷《しぶや》区長と東京都知事から表彰された。会社からは見舞い金が支給された。さらに全国のひとびとから称賛の手紙やカンパ、それに見舞いの品が送られてきた。

ミカズは東京での苦しかった日々を佐藤さんに話した。そして母に頼んで独身寮の部屋から持ってきてもらったガラスのティーカップとコップをようやく手渡した。

ティーカップの持ち手をレンガ色にしたのは、沖縄旅行のあとに北大構内で食事をしたとき、佐藤さんが着ていたセーターがとても似合っていたからだ。そそいだお茶が自然にゆれるように、ティーカップの側面や底がゆるやかに波打っている。

高さ十センチの淡い青色のコップは、由太郎さんに手ほどきを受けた琉球ガラスだ。廃材のガラスをふつうより長い時間、高温で熱することで、混入する気泡を少なくするのが特徴で、かたちもすっきりしているが、琉球ガラス特有の温かみは失われていない。

「ミカズさん、わたしの話を、途中でさえぎらないで、最後まで聞いてください」

病室のソファにかけた佐藤さんが、いつにも増して真剣な顔で言ったのは、七月の下旬だった。きのうが一学期の終業式で、きょうから夏休みに入ったという。

ミカズは起きてベッドに腰かけた。背中のやけどはかなり癒えて、八月中に退院し、九月一日から職場に復帰することになっていた。

「わたしの実家の敷地に工房を建てますから、そこでティーカップやコップを作ってください。いまの会社を辞めて、ガラス作家として身を立ててください」

佐藤さんは旧家の一人娘で、ともに教員をしていた両親は三年前の三月三十一日にそろって定年退職した。母親は家にいるが、父親は請われて幼稚園の園長をしている。

先日、担当の医師に尋ねたところ、半日なら外出してもかまわないそうだから、一度家に来てほしい。そして庭のどこにどのくらいの大きさの建物を造るのかを、具体的に考えてほしい。

「わたしたち、いまさらふりだしから始めて、双六《すごろく》のマス目をひとつずつ進んでいく意味はないと思うの」

佐藤さんの言いたいことはよくわかった。きっと、どう言えばミカズを傷つけずに済むか、頭を悩ませたにちがいない。

（こんな大ケガをする前に、自分でふんぎりをつけていたら）

かなしみが胸をよぎり、背中の傷が疼《うず》いた。すると、由太郎さんのことばが思いだされた。

「それは、運命が決めることだからよ」

会社を辞めたらとは言わないとはぐらかしたあとに、由太郎さんはそう続けたのだ。

（ようやく、そのときが来たのか）

涙をこらえて大きく息を吸うと、力がみなぎった。

「たしかに、ふりだしに戻って、交際を一から始める意味はない」

立ちあがったミカズが右手を差しだすと、顔を赤らめた佐藤さんが右手を重ねた。そして佐藤さんの実家を訪ねた翌週、ミカズは両親を伴い、ふたたび佐藤家を訪れたのだった。

八ヵ月後に、夫婦の新居と工房ができあがり、カマド開きには由太郎さんが竹富島からわざわざ来てくれた。

順子との結婚を知らせる手紙に、火災救助での大やけどのことも遅ればせながら書くと、毛筆で宛名がしるされた封書が届いた。

「こりゃあ、よっぽどのひとだ」

書道に心得のある有一さんは、由太郎さんの筆跡にさかんに感心していた。校長をつとめていたときには、卒業生全員の氏名を、みずから卒業証書にしたためていたという。

「ミカズちゃん、良縁に恵まれたね。ぼくが言ったとおり、身を慎んでいたおかげさ」

由太郎さんはそう言って、有一さんと和代さんと順子、それに岸川の両親に、ミカズとの出会いと、自分が授けた忠告を披露した。

「三年のあいだ、一日に作るのは三つ。どんなに多くても五つ。まずは、こちらのご両親と、代々守ってきた見事なお庭になじんでさ。自分が作ったガラスで稼ぐのは四十歳くらいからのつもりで、たっぷり、寄りかからせてもらうといいさぁ」

由太郎さんの新たな忠告を容《い》れて、ミカズは一日に三つか四つ、もしくは五つ、淡い青色のコップを作った。あとの時間は和代さんと一緒に庭の雑草を抜き、落ち葉を掃き、木々に水をまいた。

ご近所の方々に会えば挨拶をして、スーパーに買い物に行き、洗濯物を取り込んだ。帰ってきた順子が話す高校での出来事に相槌《あいづち》を打ち、ふたりで枕を並べて眠った。日曜日はガラスを吹かなかった。

カマド開きから三ヵ月ほどがすぎ、淡い青色のコップは二百個になった。ミカズはひとつずつ梱包《こんぽう》し、箱に入れて、手紙を添えた。

送り先は、やけどを負ったミカズに、手紙やカンパ、それに見舞いの品を寄せてくれた全国のひとたちだ。病院の医師やスタッフにも送り、退社してガラス作家として活動してゆくことを伝えた。もちろん、火事にあった家族にも送った。

渋谷区長と東京都知事、それに入院中に取材にきた新聞社とテレビ局にも送った。日を置かずに連絡があり、カメラマンをともなった新聞記者とテレビ局のクルーが朝霞の佐藤家を訪れた。

インタビューの模様は、全国紙の囲み記事と、ニュース番組での特集となった。とくに、テレビでの放送のあとは注文の電話が何日も鳴りやまず、おかげで最初の一年は淡い青色のコップばかり作っていた。

うれしかったのは、在籍していた会社が応援してくれたことだ。社員が近隣の住人を救ったことで、大いに株があがったのだという。

淡い青色のコップだけでなく、ティーカップや酒杯、それにビールジョッキも人気を集めて、岸川ミカズは新進のガラス作家として知られることになった。

順子も、順子の両親も喜んでくれたし、父と母はとにかく安堵《あんど》していた。ミカズ自身も手ごたえをかんじていたが、舞いあがることはなかった。

溶けたガラスの飴色にかけて『キャラメル工房』と名付けたバラック小屋で、由太郎さんにならい、ひとりでガラスを吹く。長く大切に使われることを願って、ひとつひとつ、かたちを整える。

とても一日に五つでは済まなくなっていたが、どんなに忙しくなっても、ミカズは和代さんを手伝って庭の雑草を抜き、ケヤキの大木を初めとする樹々の落ち葉を掃いた。自転車に乗って買い物に行き、夕飯を作った。

学生時代はよく自炊をしていたので、ミカズは買い物も料理もお手のものだった。母屋と工房のあいだに建つ二階家の台所で包丁を握り、フライパンをふるう。

「ミカズさんが作るものは、なんでもうめえよなあ」

有一さんはそう言って喜んだ。

「本当においしいけれど、わたしは申しわけなくって」

和代さんは恐縮しながらもよく食べた。それは順子も同じだった。結婚してからわかったことだが、順子は和代さんに輪をかけて料理が苦手で、しかも教員は猛烈に忙しい。結婚二年目の十一月に二卵性の男女の双子を出産した順子は、翌年度の二学期から高校に復職した。産後の肥立ちがよく、こどもたちの発育が順調だったせいもあるが、あとをまかされたミカズはさすがに戸惑った。

それでもしだいになれて、和代さんと協力して、双子を育てた。こどもたちは一歳の四月から保育園に通ったので、日中は工房で制作に励んだ。

侑子と航太が小学生になったとき、ミカズは若手の工芸作家に与えられる賞をもらった。協賛の新聞社から依頼されたエッセイに、妻の実家でずっと家事と育児をしてきたことを書くと、「主夫」や「イクメン」という肩書きがついた。もっとも、ミカズは自分を「居候」だと思っていた。

そうした自己規定が、無欲よりも無責任に近いことは自覚していた。また、いつまでも通用するものでないこともわかっていた。

しかしながら、有一さんの死はあまりにも急だった。年明けの三日に胸が苦しいと訴えて、すぐに総合病院で診察してもらったところ、重症の間質性肺炎と診断されたのである。

「長くて半年、短ければ、二、三ヵ月ということもありえます」

医師の見立てに驚き、途方に暮れていると、それから一週間後に有一さんは危篤におちいった。モルヒネの注射によって意識を回復し、病室に泊まり込んだ順子と親子水入らずの数日をすごしたものの、一月十七日の早朝に帰らぬひととなった。

和代さんは三年ほど前から認知症を発症し、介護施設に入っていた。要介護四まで進行したが、会話がかわせるときもある。

施設の職員によると、「ご主人が亡くなられたことも、ちゃんとわかっておられますよ」とのことだったが、有一さんの四十九日の法要が済んだ数日後に体調を崩し、四月九日の深夜、夫のいる冥界に旅立った。

かなしみにおそわれながらも、ミカズは肩の荷をおろした気持ちだった。日々老いてゆく義父母との暮らしは、こちらの心身もすり減らさずにはいられなかったからだ。

「ご苦労さまでした」とねぎらってくれる友人知人も多く、ミカズは新たな気持ちでガラス作りに励むつもりでいた。侑子と航太も高校生になり、親の手を離れつつあった。

ところが、ミカズはかえっておちつきを失った。その理由は、もはや居候ではいられないからだ。

「世界中、どこに放りだされても生きのびられる男になりたい」

高校の卒業アルバムにてらいなく書いた十八歳の自分が懐かしい。いまさら風来坊を気取ろうとは思わないが、一戸建てがいくつも建つような広い敷地にひとりでいると、どうしたっておちつかない。

おまけに立地も好くて、最寄り駅まで約一キロメートル。そこから私鉄に乗れば十五分ほどで都心に着くし、地下鉄にも乗り入れている。

順子が幼いころは敷地のなかに二階建てのアパートがあって、六つの部屋はいつも埋まっていたそうだ。有一さんも、銀行や不動産屋がいろいろ誘いをかけてくるのがうるさくて困るとこぼしていた。

「広い地所を所有して、しっかり治めてゆくというのは、じつに大変なことだな」

夕方、工房での仕事を終えたミカズがそんなことをぼやきながら、ひとり庭を歩いていると、きょうも母屋の勝手口に茶色い猫がいた。

きのうと同じく、室外機のうえに横たわっているが、目に力がない。逃げないのではなく、逃げられないほど弱っているのかもしれない。

それにしても、どうしてこんなところにいるのだろう。猫は死期を悟ると姿を消すと聞いたことがあるが、あれは事実ではないのだろうか。

「おい、おまえさん、具合が悪いのかい」

そう呼びかけて近寄ったとき、地面をなにかが動いた。

「えっ」

ミカズの目に映ったのは子猫だった。三〜四匹の、ほんの小さな猫たちが室外機のあたりをうろちょろしている。

「おまえさん、その歳《とし》でよく産んだなあ」

思わず讃嘆《さんたん》すると、母猫が笑顔になった。そして、いかにも安堵したというように目をつむった。

「うそじゃないよ、本当にそういう顔をしたんだ」

午後八時すぎの夕食のテーブルで、ミカズは妻とこどもたちに話した。

おそらく室外機の接続部分に隙間があって、そこから母屋の床下に入れるのだ。その安全な空間で母猫は子猫を産み、乳をやってきた。そして、子猫たちが外に出るときが来たので、室外機のうえに陣取り、弱ったからだで、あたりを見張っていたのだ。

「わたしが知るかぎり、のら猫がこの家でこどもを産んだのは初めてだよ。ほら、おばあちゃんは猫が大嫌いだったから、小石を投げて追っ払ってたでしょ」

順子が言うと、侑子と航太がうつむいた。和代さんは好き嫌いがはっきりしていて、気に食わないものには容赦がなかった。

「それで、どうするの?」

侑子に聞かれて、ミカズは答えた。

「追い払わないで、ようすを見ようと思っている。つまり、あの母猫と子猫たちが、この庭をテリトリーにして、生きていこうとするなら、そうさせてやろうと思う」

ミカズは猫を飼ったことがなかった。飼いたいと思ったこともない。だから、猫の生態についてはなにもわからないが、これだけの広さの庭なら、猫たちは満足して居つこうとするのではないだろうか。

「じつは、六時ころに、水とエサをあげたんだ。一歳未満の子猫用の、離乳期のエサっていうのをスーパーで売っていたんで、それを竹やぶの手前に撒《ま》いたら、すぐに嗅ぎつけて、ちょこちょこ歩いてきたんだよ」

工房のなかからこっそり見ていると、四匹の子猫がやってきた。すでに日は暮れていて、毛の色や模様はわからなかった。平らな皿に顔を寄せて水を飲み、地面に撒かれたエサを食べると、竹林のなかを動きまわっていた。母猫の姿は見えなかったが、どこかで見守っていたにちがいない。

ミカズはうれしかった。自分でもおかしなほどの喜びが湧いて、久しぶりに気が晴れた。

そのあと、夕食の支度をしてから浴槽につかり、ミカズは独り言《ご》ちた。

「お義母さんは、自分が植えた草木を丹精することで、この広すぎる庭と折り合いを付けたんだ。おれは、あの子猫たちの面倒をみよう。あいつらは母屋の床下で生まれたんだから、ここで育つ権利がある。しかも、おれと同じく、一日中、この庭にいるんだ。

そして、この庭を存分に楽しむんだ」

子猫たちは、そのうち工房にも入ってくるだろう。侑子や航太も、小学三、四年生までは、よく工房に来ていたが、その後はご無沙汰だった。

「いやいや、せっかく作ったガラスを割られたら、たまらんぞ」

しかし、それさえも楽しい気がする。

夕食のテーブルで、ミカズはそんなことを話して、妻とこどもたちも大好きなハンバーグを食べながら聞いてくれた。ただし、それぞれ疲れていることもあってか、それほど子猫に関心はないようだった。

家族四人での夕食を終えて、ミカズは工房にむかった。買い物や料理をしているぶん、片づけは順子にまかせていた。

『キャラメル工房』は制作から発送まで、ミカズがひとりで運営していた。

最初のうちは、和代さんが手伝ってくれて、とても助かった。そのころは電話かファクスで注文を受けていて、ハガキや封書というひとも少なくなかった。

いまは、電子メールでの注文か、『キャラメル工房』のホームページから注文するひとがほとんどだ。ただし、いまだにファクスを送ってくるひともいるし、ハガキや封書も届く。

「あの子猫たちの写真をホームページにあげたら、ものすごい数のページビューがつくかもしれないぞ。いやいや、庭で飼うんだから、連れ去られたらたまらない」

そんなことをあれこれ思いながら工房の手前まで来ると、ひとかげに驚いた子猫たちが一斉に逃げた。

「そうだよな。まずは、このおれが、子猫たちにとって安心な人間だとわかってもらわなくちゃな。あしたは、夜明けと共に起きて、エサをやろう。水を飲むための小鉢も作ってやろう」

今度こそ、新たな気持ちでガラスを作れる。ミカズは有一さんと和代さん、それに茶色い母猫に深く感謝した。

第三話　それぞれのスイッチ

「ねえ、敦子。ちょっといい？」

お風呂あがりに母に呼ばれた。ほぼ毎日のことなので、とりあえず無視して、冷蔵庫を開ける。ピッチャーの麦茶をコップにそそぎ、ごくごく音を立てて飲む。

「おいしい」

思わず声に出たのは、うちの麦茶がヤカンで沸かしたものだからだ。それに、ぬるめのお湯に三十分も入っていたわたしのからだは猛烈に水分を欲していた。

高校の部活動は中学とは別物で、運動量がハンパない。みんな汗だくでレシーブに飛ぶから、コートは汗でぬるぬるだ。野球部やサッカー部のように泥だらけにはならないけれど、基本的に立ってプレーするバスケ部や卓球部とちがい、バレー部は自分の汗に加えて、みんなの汗で、全身汗まみれだ。

それほど練習しても、春高バレー出場など夢のまた夢の県立高校なので、三年生は全員が五月なかばで引退した。

父ゆずりの長身で、身長百七十センチのわたしは一年生ながら新チームのエースアタッカーに抜擢されて、連日集中的にしごかれていた。

「敦子のポテンシャルなら、もっと高く跳べるはずだよ。全力を出さなくちゃ。自分で限界を決めない。殻を破らないと、レベルはあがらないよ」

顧問の指導の受け売りで、二年生の先輩たちが叱咤激励してくる。ただし、正直に言えば、先輩たちのレベルはそれほど高くない。もちろん、そんな不満はおくびにもださず、わたしは笑顔で練習に励んだ。多少、無理をしていなくもないが、スタミナはあるほうだし、なによりチームのふんいきを壊したくない。

サウナのように蒸し暑い夏休みの体育館では、水出しの麦茶もおいしい。でも、家に帰って、ひと息ついたあとには、ちゃんとしたものを飲みたい。

(それに、このコップがまた)

エアコンの効いたダイニングキッチンで、淡い青色の、すっきりしたかたちのコップを愛《め》でていると、「ちょっと、敦子」と、しびれを切らせた母がさっきより大きな声で呼んだ。

「はい、はい。なんでございましょう」

裸にバスタオルを巻いた格好で殊勝な返事をする。

「聞いてほしい話があるの。十五分くらいで済むから」

いつもの調子で、母が頼んできた。

「いいよ。クールダウンがてら、じっくりうかがわせていただきます」

こっちも、いつものように応じて、二階の部屋で短パンをはき、Tシャツを着ておりてゆくと、老眼鏡をかけた母が携帯電話を操作していた。

「豊《ゆたか》から、メッセージ？」

「そう。いま高校を出たところだって」

たどたどしくキーを打ちながら母が答えた。壁の時計は六時十分を指している。さっきまで猛烈に差し込んでいた西日もだいぶ弱まってきた。

野球部の練習は、とにかく長い。シートノックやフリーバッティングといった全体練習に加えて、筋トレなどの個人練習もあるからだ。

身長百八十二センチの豊は高校でもピッチャーで、秋の新人戦でマウンドに立つべく、ひたすら走らされているという。熱中症が心配だけれど、とにかくきょうも最後までがんばったのだ。

母はキーを打つのがおそいので、わたしは洗面所にむかった。お風呂場の鏡でも見たが、額と右の頰にひとつずつニキビが出ている。でも、ぽつんと赤くなっているだけなので、二、三日すれば消えるはずだ。

「女性は男性よりも皮膚が薄くて、そのぶん紫外線によるダメージが内部に蓄積しやすいため、思春期に肌の手入れをおこたっていると、三十歳をすぎてから、痛い目を見ますからね」

そう忠告してくれたのは、中三のときの保健の先生だ。一年間だけ教わった、定年間近の先生で、目力の強さと、化粧気のない肌に刻まれた深いしわが印象的だった。

「しかしながら、美容への過度な執心は心身に悪影響をおよぼします。それなのに、テレビも雑誌も化粧品のコマーシャルだらけなのは、じつにけしからん」

いきどおったのは一瞬で、先生はすぐ平静にもどった。

「そうはいっても、自分の容姿が気になるのは自然なことです。それと同時に、思春期は、社会に対する関心が広がる時期でもあります。友人関係も、ぐっと深まります」

テレパシーが通じたように、となりの席の侑子と目が合い、幸福感に包まれたことをなつかしく思い返しながら、わたしは顔にヘチマ水をはたいた。

これも保健の先生がすすめてくれたものだ。市販品もあるが、ヘチマはベランダでも育てられるし、作り方も簡単で、効能も高い。

侑子は十歳からヘチマ水を使っているそうで、それならと間違いなしと、わたしもお手頃価格の品で試したところ、立ちどころにニキビが治まった。

侑子にヘチマ水をすすめたのは父方の祖母だという。つまり、さっき麦茶を飲んだコップを作ったひとの母親になる。

有名なガラス作家である侑子のおとうさん、岸川ミカズさんには何度も会っている。

庭の工房も見学させてもらった。じつは、そのおばあさんにも会っているそうなのだが、わたしはおぼえていない。

洗面所を出ようとしたとき、ブチャがどこからともなくすり寄ってきた。ペルシャ猫系のミックス、つまり雑種で、七歳くらい。太っていて、けっこう重い。

ブチャを抱いてダイニングキッチンにもどると、タイミングの悪いことに母の携帯電話が鳴りだした。顔の前に手を立ててあやまる母を残して、わたしはまた二階にあがった。

手前が豊の部屋で、奥がわたし。豊とわたしは二卵性の双子だ。わたしのほうが数分早く誕生しているが、おたがい、姉であり、弟であるという意識はない。それどころか、わたしは幼いころ、自分たちはふたりでひとりだと思っていた。

いまの家が建つ前はアパート暮らしで、わたしと豊はくっついて寝ていた。同じ絵本を、顔を寄せ合って読み、外を歩くときはずっと手をつないでいた。親を頼る気持ちよりも、双子の弟を慕う気持ちのほうがずっと強かったのをおぼえている。

小学生になると、しだいに周囲の目が気になりだして、それに少しは自立心も芽生えて、ふたりきりですごす時間は減った。中学生になると、それぞれ部活動にいそがしく、口をきかない日もあった。ただし、ふたりでひとりだと思っていたころの満たされたかんじは、高校生になったいまも消えていなかった。

もっとも、わたしの高校と豊の高校はランクがかなりちがう。

幼稚園と小学校ではわたしのほうが身長も勉強も少し勝っていたのに、中学生になると、豊の身長はみるみる伸びて、勉強でも追い抜かれた。そして、そのままの勢いで、豊は大宮《おおみや》高校に合格した。

埼玉県の県立では、浦和《うらわ》高校と川越《かわごえ》高校が男子校、浦和第一女子高校と川越女子高校は女子高だ。大宮高校は、超ハイレベルの四校に次ぐ男女共学の進学校で、志望者は多い。模試で合格圏内の判定が出ていても、不合格になることがザラにある。逆に言えば、入試本番での勝負強さがモノを言う。そして、豊はものの見事に難関を突破してみせた。なぐさめのことばを用意していたわたしは埋めがたい差をつけられて、かなりのショックを受けた。当人は勝者の喜びにひたっていた。

わからないのは、いつ、どんなきっかけで、豊がスイッチを入れたかだ。自分から言いだして、中3の新学期に学習塾に入ったのだから、その前には意識を変えていたのだろう。

わたしだって、うかうかしていたわけではない。担任から、双子の弟に負けずに大宮高校を目ざしたらどうだとハッパをかけられたことだってある。ただ、豊ほど見事にスイッチは入らず、それにふたりともが大宮高校に落ちて私立に進むのは学費が大変だろうと理屈をつけて、安全第一で、自宅がある朝霞市内の県立高校に進学した。

ありがたかったのは、父も母も双子の出来を比べなかったことだ。もっとも、老人介護施設の施設長である父はほとんど家にいなかった。

　父の百八十一センチの長身は、頼りがいがあるように見えるのだろう。周囲の期待に応えんとする責任感も見あげたものだ。でも、ほかの職員たちと同じように、週に二日はしっかり休み、健康に働き続けるのも、管理職の大切な役目ではないだろうか。

　母もパートでいろいろなお店のレジをしていて、この四月からは市内のホームセンターで働いていた。ファストフード、コンビニ、スーパーでも働いていたことがある。

　役立たずで首になったのではなく、あきっぽいのだ。どのお店もほぼ一年で辞めて、近場の別のお店でシレっとレジに立っているのは、大した度胸だと思う。そして、小耳にはさんだうわさや、店長や同僚たちの人物評を、嬉々《きき》としてわたしに話す。まさに典型的なおばさんだ。

　中学時代、わたしの成績がいまひとつ伸びなかったのは、母のおしゃべりに付き合わされたせいだとも言えるのだが、それで家庭の安寧が保たれていたのなら、御の字というものではないだろうか。

　母の目下の気がかりは、父の長時間労働と、豊の成績不振だ。どちらも気が重い話題なので、それよりはパート先で仕入れてきたうわさのほうがいいと思いながら、わたしはブチャと一緒にベッドに寝ころがっていた。

ブチャは鼻筋がくぼんでいて、お世辞にも美人とはいえない。でも、おちつきがあるし、毛が長いので、なでごこちがとても好い。

うちに来ることになったのは、交通事故にあったからだ。わたしと豊が小六の二月なかばに、父がつとめる老人介護施設の駐車場で送迎バスに轢《ひ》かれたのである。

午前九時すぎのことで、右の前脚を痛めているとの報告を受けた父はあわててかけつけた。見たところ、のら猫のようだし、一度も猫にさわったことはないが、放っておくわけにもいかない。勇気をふるって抱きあげると、毛足の長い猫は父の長い腕におとなしくおさまった。

父は職員にすすめられた『エイミー動物の病院』に電話をかけた。その職員が飼っているのは柴犬《しばいぬ》だが、とてもやさしくて、かしこい女性の獣医師が診ているという。エイミーは通称で、たしか浦野映美《うらのえいみ》さんといったと思う。

電話に出たエイミー先生は評判どおりの方だった。

けがをした猫は洗濯用のネットに入れてつれてきてほしい。そうすれば途中で逃げられる心配がないし、こちらも処置がしやすいと言われた父は、洗濯用のネットにもおとなしく入った猫を自分の車の助手席に乗せて動物病院にむかった。

医療用のスーツを着たエイミー先生は、まずノミをとるための薬剤を猫の盆《ぼん》の窪《くぼ》に塗った。これをしないと、クリニックのなかがノミだらけになってしまうという。

「あとでレントゲン写真を撮りますが、いま診たかぎりでは、単純な骨折のようです。手術の必要はなく、添え木で固定すれば十分ではないでしょうか。骨がつけば、これまでどおり歩けるようになると思います」

エイミー先生の診断に安堵した父は、この猫が飼い猫かどうかを聞いた。

「首輪をしていないし、避妊手術も受けていませんね。それに、この栄養状態の悪さからすると、十中八九、飼い猫ではないと思います。年齢は四歳くらい、性別はメスです」

レントゲン撮影は、全身麻酔の注射をして行う。経過を見るために、今夜は動物病院の二階でおあずかりする。あすの都合のよい時間に引き取りにきてほしいと言われて、父は仕事に戻った。

骨折した右前脚に添え木をされたメス猫は、当分のあいだ、老人介護施設の物置小屋で飼われることになった。

責任感が強く、慎重な父は、保健所に知らせたうえで、猫のカラー写真入りのポスターを作り、施設の近所に貼ってまわったが、一週間たっても、二週間たっても、飼い主はあらわれなかった。そこで、エイミー先生に避妊手術もしてもらい、ブチャと名付けて、引き続き物置小屋で世話をしていた。

メス猫ブチャは、父が与えたエサをよく食べて、見ちがえるように太った。骨折も完治し、四本の脚で歩けるようになった。ただし、太ったせいなのか、骨折の影響なのか、走ったり、飛び跳ねたりはしない。

「これも縁だから、わが家の一員にしようと思うんだが、どうだろう」

めずらしく夕方に帰宅した父が、長い説明のあとに、おそるおそる切りだしたとき、わたしも母も、写真を見せてとは言わなかった。父がそこまで気に入っている猫を容姿で判定するのは、よいことではないからだ。

ただ、母はこどものころに子猫を飼ったことがあり、とにかく大変だったという。オスの白猫で、名前はタマ。

「知らない家に来て、緊張していたんだと思うけど、タマは夜中に大きい声で鳴いたり、家じゅうを暴れまわったりしたの」

そう話す母はいかにもうんざりしていた。もっとも、ひと月もするとタマはすっかり慣れて、みんなにかわいがられた。タマのおかげで、ネズミも出なくなった。

「だから、その猫とも、きっとうまくやっていけると思うわ。それに、猫がいれば、おとうさんも家にいる時間が少しは長くなるでしょ」

母が余裕を見せて、場がなごんだ。

「よかったね、おとうさん。おかあさんに反対されたら、その猫とかけおちしてたんじゃない?」

わたしが思いついたままを言うと、父が黙ってしまい、一転してビミョーな空気になった。

「ちょっと、おとうさん。そういう笑えない反応はやめてよね。ほら、おかあさんも、仏頂面をしないでよ。よけいなことを言って、ホントにごめんなさい」

その後は、父も母も機嫌を直し、猫についての話でもりあがった。

野球部の練習を終えて、午後七時すぎに帰ってきた豊も交通事故にあった猫を飼うことに反対はしなかった。ただし、その理由には鼻白まされた。

「どっちでもいいよ。中学になったら、おれは塾と部活で、猫をかまうヒマなんてないからさ」

宣言どおり、豊はブチャをかまわなかった。一方、わたしは家に来たばかりのブチャとよく遊んだ。しかも、ようやく中学校の授業が始まったと思ったらゴールデンウィークになり、少し巻かれたネジがすっかりゆるんでしまった。

ちなみに、父による命名の由来は、ブサイク→ブチャイク→ブチャだそうで、これまたビミョーだが、絶妙なネーミングでもある。

ブチャは自分を救ってくれた父をあられもなく慕っていた。父が帰ってくると、早朝でも夜中でも、玄関まで迎えにでる。猫は耳と鼻がいいので、ひとの足音を聞き分け、匂いも嗅ぎ分けられるという。父もブチャを抱きあげて、たっぷり頬ずりをする。目尻をさげて、猫の頭や背中をさすする姿はかなりキモいが、それで気持ちがいやされるなら、安いものだ。

ブチャは母とわたしにもなついた。太っているのに、足音を立てずにすり寄ってくるので、けっこうビックリさせられる。

ただし豊のことはいまでも警戒していて、気配をかんじただけで、ドタドタ逃げてゆく。平気な顔をしているが、豊は内心では傷ついているにちがいない。とくに高校入学後に成績不振におちいってからは、なおさらだ。

「ブチャ、ブチャ。豊とも仲良くしてね」

ベッドのうえでわたしが頼むと、ブチャが口角をあげて「ギャギャギャ」と奇声を発した。

ここは、いかにも猫らしく、「ニャ〜」とか「ミャ〜」と鳴いてほしいところだが、ブチャは変顔で謎の声を発するので、これには父も弱っていた。

「ねえ、ブチャ。わたしだって、美人でも、かわいくもないけどさあ、愛想は悪くないのよ。だから、あんたも、へんてこな顔で、へんてこな声をだすのは、どうにかしなさいよ」

人間の年齢に換算すると四十代なかばのメス猫をさとしていると、ドアがノックされた。

「ごめんね。待たせちゃって」

しきりにあやまる母のあとから、わたしは階段をおりた。ブチャもノソノソついてくる。

テーブルには、淡い青色のコップがふたつ出ていた。母はそのうちのひとつに麦茶をそそぎ、わたしの前に置いた。そして、空のほうを手に取った。

「きょう、ミカズさんが、ホームセンターに買い物に来たの」

「へ～。でも、あの家から二百メートルくらいなんだし、仕事がら、要る物もあるだろうし、めずらしいことでもないんじゃない」

ガラス作家の岸川ミカズさんにも双子がいて、こちらも二卵性の男女だ。つまり侑子にも双子の弟がいて、しかもわたしたち四人は同じ日に同じ病院で誕生したのである。

わたしが侑子の父方のおばあさんと会ったのは生まれて三日目だというから、こちらがおぼえていなくて当然だ。

そんな縁で、母親同士は入院中に仲良くなり、わたしと侑子も親友といっていい間柄になった。そうは言っても侑子は才女で、おかあさんの母校でもある川越女子高校に進んだ。

侑子の双子の弟・航太君は中学受験で東京第一学園に合格した。東京大学駒場キャンパスの近くにある、中高一貫の名門男子校だ。

おそらく豊は航太君をかなり意識していたのだろう。小学校では同じ少年野球チームだったし、二度同じクラスになっている。わたしも小二と小四で航太君と同じクラスになったが、ほかの男子とは芯の強さと集中力がまるでちがった。

おとうさんのミカズさんは、いつも授業参観に来ていた。侑子のおかあさんは高校の先生をしていて、平日に休めないからだ。でも、運動会にはかならず来ていた。

小学校の授業参観に来る父親たちは、教育熱心というか、先生の教え方を上から目線でチェックしているひとがほとんどだ。険しい顔で、腕組みをしているので、帰ってくれると、みんながホッとする。

でも、ミカズさんだけは、父親なのにニコニコしているので、クラスがなごんだ。

「あ〜、航太のとうさんがまた来てる」

「ミカズっていう、へんな名前なんだよ」

いたずらな男子が口々に言っても、ミカズさんはへいちゃらだ。身長は百七十センチほど、胸板が厚く、腕が太いので、ラガーシャツがよく似合う。

わたしは小一、小三、小六で侑子と同じクラスだったから、六年のうち五年も、ミカズさんが授業参観に来たところを見ている。

「こんにちは」と、わたしからあいさつをすることもあれば、「やあ、敦子さん」とミカズさんから言ってくれることもある。

ミカズさんのいいところは、こどもあつかいをしないところだ。わたしのことも、「敦子ちゃん」ではなく、「敦子さん」と呼ぶ。

航太君によると、赤ちゃんのときから、丁寧語で話しかけられていたそうだ。もちろん航太君はおぼえていないが、証拠のビデオがある。

「やあ、侑子さん、航太君。よくぞ生まれてきたね。ぼくは、これから、きみたちを育てることを最優先にするからね。そのつもりで、うんと頼りにしてください。さあ、思う存分、楽しくやろう」

父親が生まれ立てのふたりにむけて語りかけたことばを、みんなの前で発表する航太君は誇らしげだった。小学二年生の二学期におこなわれた、「わたしが生まれたとき」という授業で、全員が前に出て、原稿用紙に書いた作文を読んだのだ。

庭の工房を見学させてもらったのは、小六の夏休みだった。一学期の終わりに、自由研究をどうするか悩んでいると、侑子がガラス作りについて調べたらと言ってくれたのだ。

ミカズさんは快諾してくれて、豊と母も一緒に行くことになり、そのときは侑子のおかあさんも家にいた。母方のおじいさんとおばあさんにもお会いした。おじいさんはわたしと豊が通っていた幼稚園の園長先生だったから、なんだか不思議な気がした。

ちなみに、侑子と航太君は市立保育園に通っていたので、ふた組の二卵性の双子たちは、小学校の入学式で、ゼロ歳児のとき以来の再会を果たしたのである。

もうひとつ付け加えれば、侑子と航太君の名字は「佐藤」だ。両親は婚姻届を提出するに際して母方の名字を選択した。ミカズさんの「岸川」は旧姓で、「岸川ミカズ」は小説家のペンネームのようなものなのだと、これは侑子が小六の自由研究で発表した。

自由研究は、理科的なものに限られていない。読書感想文でも、映画の感想文でもいいし、夏休みの家族旅行を題材にした紀行文でもいい。

B4サイズの用紙一枚にまとめられた自由研究は、全員分が廊下に貼りだされる。侑子の自由研究の前にいっときひとだかりができたのは、佐藤侑子と佐藤航太の父親が「岸川ミカズ」であることを、わたしも含めて、誰もおかしいと思っていなかったからだ。

「佐藤ミカズって、へんだよなあ。岸川ミカズのほうが絶対にかっこいいよ」

さも不満気に言う男子もいたが、その不満が侑子にむかわなかったのは、日ごろの行いによるものとしか言いようがない。

とにかく初めて訪れた侑子の家、つまり佐藤家は庭がとても広くて、両隣とくっついた一戸建てに暮らすわたしはビックリした。

門をくぐった左手には、白砂が敷きつめられた土俵ほどの空間がある。その周囲を大きな庭石が囲み、松やサツキが生い茂っていて、ちょっとした日本庭園だ。

おじいさんとおばあさんが住む瓦屋根の家に、侑子たち四人が暮らす今風の二階建て、その奥にミカズさんがガラス作りをするバラック小屋がある。

天井が高くて、ガレージのように前面が開け放たれていて、おまけに大きな扇風機が回っているのに、とにかく熱い。

ガラスを溶かす高炉が放つ熱量もかなりだけれど、赤く溶けたガラスを吹くミカズさんが発する熱気がものすごかった。

なにも説明せず、コップを四つ立て続けに吹くあいだ、わたしは身じろぎができなかった。

ガラスは二日ほどかけて、常温でゆっくり冷ますそうで、わたしたちは三日前に吹いたという淡い青色のコップを、父のぶんもあわせて四つもらった。

高さ十センチ、側面の厚さは五ミリ、底は七ミリ。手作りなのに、ひとつひとつの誤差はわずかだ。硬くて丈夫だから、ちょっと落としたくらいでは割れないという。

もちろん、とても大切に使ってきたので、四つとも、割れても欠けてもいない。

わたしがバレーボール部のきびしい練習に耐えていられるのも、小六の夏休みに、ガラスを吹くミカズさんの気迫に満ちた姿を目の当たりにしたからだ。

〈全身全霊をかけるという言い方があるけれど、これこそまさにそうだという気がした。

自分に自信がなく、他人の意見に引っ張られてしまいがちなわたしでも、いつの日か全

身全霊をかけられるようになるだろうか〉

自由研究の最後をそうまとめて、わたしはコンビニでカラーコピーを取り、現物は二学期の初日に提出した。カラーコピーのほうはクリアファイルに入れて、さらに大判の封筒に入れて、お礼の手紙も添えて、侑子の家のポストに届けた。

すると、一週間ほどして、わたし宛ての封筒が家のポストに入っていた。ミカズさんからで、わたしの自由研究に対する簡潔な称賛を記した便箋と、インタビュー記事のコピーが入っていた。

〈小学六年生には少々難しい内容かと思われますので、数年後に読んでみてください。〉

とあったので、わたしはすぐには読まなかった。

侑子にも、「おとうさんからの封筒が届いたよ」とだけ報告した。

「ごめんね。なんか、手紙以外に入ってたでしょ」

「うん、インタビュー記事のコピー。でも、まだ読んでないんだよね」

「それがいいよ。わたしだって読んでないもん。航太は読んだみたいだけど」

わたしがその記事を読んだのは、いまから四ヵ月ほど前、県立高校の発表があった日の夜だ。浮かれ騒ぐ豊が寝静まるのを待って、わたしはミカズさんの顔が大写しになった記事を読んでいった。

美術雑誌に載ったもので、まずはミカズさんの生い立ちや経歴が語られてゆく。なにより驚いたのは、火災の救助で背中に大やけどを負っていることだ。しかも、それがガラス作家として立つきっかけになったという。

「おかしな言い方になりますが、あの大けがで、ようやくスイッチが入ったんですね。二十六歳にして、ついにスイッチが入った。しかも、妻にハッパをかけられて、ようやくです。中学三年生の修学旅行でポッペンを買ってガラスに興味を持ち、最初にヴェネツィアを訪れたあとに、普久原由太郎という達人と幸運な出会いを果たしていたにもかかわらず、ぼくは自力では決断できなかったんです。」

ただし、それは悪いことではなかった。会社勤めもして良かったと岸川は言う。

「バブル期の浮かれた世相に迎合してガラス制作を始めていたら、もっと表面的というか、うわっつらなガラスしか作れなかったと思うんです。ガラス作りに夢中になっている自分を臆面もなく肯定するような、しゃらくさいガラスを作って、買ったほうでも、なにかの拍子に割ってしまって、二度は買ってくれずに、早々に店じまいを余儀なくされていたんじゃないかと、これは本気で思いますね。」

岸川のガラスには、古《いにしえ》から現代までの、ひとびとの悠久の営みが感じられる。いまや代名詞となった琉球ガラスのコップは、達人・普久原由太郎仕込みで、気泡がたっぷりの民芸風の琉球ガラスとは、もとより一線を画している。しかしながら、師弟の作品には相違もある。普久原のガラスには高貴さ（それは琉球王国の高官だった先祖を敬う気持ちによるのだろう）が拭いがたく宿っているのに対して、岸川のガラスは市民的だ。庶民的でなく、市民的。都会的でなく、都市的なのだ。そこには大学生のときに二度訪れたというイタリアの自由都市ヴェネツィアの豊かで開放的な空気が反映しているのだろうし、札幌という機能的な都市の中心部に位置する北海道大学で学んだことも関係しているのだろう。

「その指摘はありがたく承りますが、自分では普久原さんとのちがいを意識したことはありません。それよりも、この生活環境ですね。妻の実家に転がり込み、主夫として家事育児を担いながら、ガラス作りに励んでいることが市民的だというのなら、まさにそうだと胸を張ります。」

背中の大やけどと同じくらい驚いたのは、ミカズさんがガラス作家になることを「自力では決断できなかった」と言っていたことだ。あんなにたくましく、自信に満ちているひとに悩んでいた時期があったなんて信じられない。

でも、だからといって、自分と同じだと思うほど、わたしは楽天的ではない。ミカズさんは高校生のころからガラス作家になりたいと思い、さまざまな経験を積むなかで鍛えられ、たくわえられていた力があったのだ。それが奥さんに「ハッパをかけられて」、一気に開花したのだ。

わたしにはこれといった目標がない。中学校でバレーボール部に入ったのも、顧問の先生から熱心な勧誘を受けたからにすぎない。生まれ持った長身とジャンプ力のおかげで活躍し、今回高校でも新チームのエースアタッカーに抜擢されたわけだが、わたしは大学生や社会人になってもバレーボールを続けたいわけではないし、そんな実力があるはずもない。勉強も、サボらずにやっているだけで、志望する大学も学部も絞り込めていない。

インタビュー記事はまだまだ続くが、ひとまずそこまでにした。それでも影響は受けていて、大宮高校に合格した豊に対して、「いつ、どんなきっかけで、スイッチを入れたかだ」と思ったのも、ミカズさんの発言中に「スイッチ」ということばがあったからだ。

豊だって、溶けた高温のガラスを吹くミカズさんの姿から、なにかしらの影響を受けたにちがいない。もっとも、豊は、せっかく見学したガラス作りとはちがうテーマで自由研究をした。

信号機のない横断歩道で手をあげたとき、何パーセントの自動車やオートバイが止まってくれるのかを、自分で調べたのだ。

おもしろいアイディアだが、同じ場所で手をあげて、横断歩道を行ったり来たりしているうちに、タクシーの運転手さんに怒鳴られてしまった。

そのいきさつも正直に書いた自由研究は、読んでいておもしろかったから、こちらにもいっときひとだかりができた。担任の先生は「落語のようだ」と評したそうだ。

航太君は新宿末広亭という寄席に家族四人で落語を聞きにいったことを、自由研究として発表した。

テレビで見るM－1グランプリやキング・オブ・コントとちがい、寄席では落語、漫才、漫談、紙切り、曲芸と、いろいろな芸が披露される。落語も、ひとりひとり、演じる時間がちがう。前のひとがたっぷり演じて大うけをとると、次のひとは小噺《こばなし》をして、さっと引っ込んでしまう。

「いまのひと、あれだけしかやらなくて、平気なの」

航太君が心配すると、ミカズさんが耳元でささやいた。

「みんながみんな大ネタをかけたら、お客さんがくたびれちゃうだろ。寄席はコンテストじゃないからね」

また、テレビで一度も見たことがないし、名前も聞いたことのない噺家の落語がものすごくじょうずで驚いた。

末広亭に行ったことで、航太君は考え方が少し変わったという。これまではノーベル賞やオリンピックで金メダルを獲ったひとの名前と顔ばかりおぼえてきたが、お笑いの世界がそうであるように、どんな分野にも、一般には知られていないだけで、すぐれたひとはたくさんいるのではないか。しかも、そうしたひとたちは、賞やコンテストといった目立つ目標がなくても芸を磨き、日々お客さんを笑わせているのだ。

わたしは自分と同じ日に同じ病院で生まれた航太君を本当にかしこいと思った。ただし、みんなは、優秀な航太君と侑子が落語を聞いて笑い、お笑いのテレビ番組を見ていることにビックリしていた。

わたしが心配しているのは、ミカズさんと航太君という特別にすぐれた父親と息子に対して、豊がコンプレックスを抱いているのではないかということだ。

それをバネにしてか、一か八か大宮高校に挑戦して合格したのは良かったけれど、豊は最初の中間テストで、学年で最下位だった。赤点、つまり再試験も二科目あった。

高校生になってから、豊の帰りは連日午後九時をすぎた。平日の野球部の練習は午後七時まであり、そこから練習道具を片づけて、顔や手足を洗って着替えると、学校を出るのは、午後八時近く。京浜東北線と武蔵野線を乗り継ぎ、北朝霞駅からも自転車で十分以上かかる。

これでは疲れ果てて、予習や復習などできるはずがない。じっさい、野球部の一年生には豊とどっこいどっこいの成績の生徒が数人いるという。ただし、同じ野球部で、学年のトップグループに入っている子がふたりもいるというから驚きだ。

「きょうは、行ってよかったわよ。担任の先生や、野球部のおかあさんたちと話せて、ホントに救われたわ。だって、学年でビリだったたって聞かされてから、生きた心地がしなかったもの」

懇談会に続く野球部の保護者会から帰ってきた母が汗をふきふき話したのは、六月の初めだった。

「豊もね、授業にまったくついていけていないわけじゃなくて、とにかく全員のレベルが高いんだって。それはそうよね、天下の浦高《うらこう》と川高《かわたか》に次ぐ大宮高校なんだもの」

母は自分をおちつかせようと必死だった。担任の先生も、懇談会の終了後に、母と一対一で話してくれたという。

「豊君は、よくがんばっています。成績が下位の生徒のなかから退学者が出てしまうこともあるのですが、豊君はふてくされずに、持ち前の明るさで授業をもりあげてくれて、教員のあいだでも、いい意味でよく名前があがる生徒のひとりなんです」

母の報告を聞くわたしの頭には、「腐っても鯛《たい》」や、「鶏口となるも牛後となるなかれ」といった諺《ことわざ》が浮かんでいた。高校でのわたしは、中学のときよりも「鶏口」に近かった。ただし、猛勉強をしたからではなく、そのくらいのレベルの高校なのだ。そして一学期の期末テストで、わたしはさらに「鶏口」に近づいた。一方、豊は「牛後」のままだった。

侑子や航太君は、どっちなのだろう。とびきりかしこいふたりにしても、川越女子高校と東京第一学園では、「鶏口」とはいかないかもしれない。でも、「牛後」ということはないだろう。

「ちょっと、敦子。聞いてるの？」

母に呼ばれて、わたしはあわてた。

「だからね、ミカズさんのところで、五月のはじめに、のら猫が子猫を産んじゃったんだって。四匹も」

「四匹も？」

母が勤めるホームセンターにミカズさんが買い物に来て、母に気づいたミカズさんは昨年続けて亡くなった義父母の葬儀に参列してくれたことへのお礼を言った。わたしも園長先生の葬儀には行きたかったのだが、とても寒い日だったので、高校受験を控えていたこともあり、母にとめられたのだ。

平日の開店直後で、買い物客がほとんどいなかったため、母はレジを外れて、ミカズさんと立ち話をしたという流れは追っていたが、ちゃんとは聞いていなかった。

「そうしたらね、ミカズさんが子猫たちにエサをあげるようになってから二、三日で、母猫の姿が見えなくなっちゃったんだって。それで、とりあえずエサをあげ続けているんだけど、このまま庭で飼っていていいものかどうかわからないって言うから、エイミー先生を紹介したのよ」

『エイミー動物の病院』は、バス通りのバス停そばにある。ロゴがかわいいので、わたしも場所は知っていた。

本名浦野映美、通称エイミーという女性の獣医師に会ったことはない。母も会ったことはないはずだ。

ただし、母を通じて、うわさは聞いていた。市内に住む中学校の先生の娘で、十年ほど前に店を閉じた布団屋さんのあとに開院した。それまでは都内にある動物病院を手伝っていた。誠実な診察とたしかな治療が評判を呼び、市外どころか、都内からも、ペットを診てもらいに来るひとたちがいる。うちのブチャも、とてもお世話になった。

「エイミー先生が、四十歳になるのに独身だってことは、ミカズさんに言わなかったわ。それじゃあ、あたしが、うわさ好きのおばさんみたいじゃない」

(え〜、もろにそうでしょ)

わたしは頭のなかで母に突っ込みを入れた。

「あと、あんたと豊のことも手短に話しておいたわ。でもさあ、豊がテストで二回ともビリだったことは、さすがに言えなかったのよね。ミカズさんなら、いいアドバイスをくれそうだけど、誰かに盗み聞きをされて、へんなうわさが広まったら、いやじゃない」

なにはともあれ、ミカズさんは母に感謝した。

「それでさ、恩を着せるわけじゃないけど、『わたしとこどもたちも子猫ちゃんを見にいってもよろしいでしょうか』って言ってみたのよ。そうしたら、『もちろんです。いまは夏休み中ですし、お盆以外でしたら、いつでもどうぞ。妻にも都合をつけさせますから、敦子さんや豊君も一緒にどうぞ』って言ってくれたのよ。だから、久しぶりに、みんなで行ってみない？」

あまりの図々しさに、わたしは開いた口がふさがらなかった。でも、子猫も見てみたいし、ミカズさんにも会って、また勇気をもらいたい。なにより豊も一緒に行って、ふた組の二卵性双生児四人が久しぶりに顔をそろえたい。


「おれは行かない。ていうか、行けない」

豊が即答すると、母はいかにもがっかりした。わたしも内心で母以上にがっかりした。

「野球部の練習がほぼ毎日あるし、練習がない日や、練習が早めに終わる日は、できの悪い連中で集まって、みっちり勉強するんだ」

今度は母が顔をほころばせた。学校側も教室を使わせてくれて、野球部の一年生で学年のトップグループに入っている子たちも付き合ってくれるという。

「航太によろしく言っといてよ。あと、侑子にも。あと、ミカズさんと奥さんにも」

豊はあっさり言うと、ご飯をかき込み、さっさと二階にあがっていった。

「さすがは大宮高校だねえ、みんなで助け合うなんてさあ」

「ホントだよね」と母に相槌を打ちながらも、わたしは胸がもやもやした。

その気持ちは、三日後の午後に侑子の家で子猫たちを見ているときも、完全には消えていなかった。

ただ、正直に言えば、「ちょっと、ねえ、かわいすぎない」と興奮しているあいだは、豊のことを忘れていた。

なにしろ、四匹の子猫たちが、地面に逆さに置かれたビニール傘に乗って、追いかけっこをしているのだ。子猫たちが走る勢いで傘自体も傾きを変えながら回転して、まさにメリー・ゴー・ラウンドだ。

二匹で走ったり、三匹になったり、四匹でじゃれあったりと、とにかく楽しくて見あきない。

「うちでは、キャット・ゴー・ラウンドって呼んでるんだ。あんまりおもしろいんで、ホームページに動画をアップするのはやめにした。それ以前に、庭で子猫が生まれたこと自体を載せていない。エイミー先生にとめられたんだ。こんなにかわいいと、悪いやつらが、転売目的で捕まえにこないともかぎらないからって」

工房の、竹やぶ側の窓ぎわに並んだ母とわたしと侑子の背後で、ミカズさんが抑えた声で言った。

きょうは、わたしたちが猫を見に来るというので、高炉を焚《た》いていない。おかげで、夏のさかりでも、どうにか暑さに耐えられた。

「じつのきょうだいなのに、模様もぜんぜんちがうし、顔つきや体形も、まるで似てないのって、すっごい不思議ですよね」

その点についてはすでに説明を受けていたが、やっぱり不思議だった。

「性格もちがうよね。こきんちゃん、つまり茶白のオスはいたずらっ子で、ほかの三匹を叩いたりする。だから、このあいだは仲間外れにあって、ひとりだけ別の場所で、さみしそうに寝ていた。まぜこぜちゃん、あの黒が勝った三毛猫ね。あの子はかしこい。好奇心が旺盛で、銀ちゃんは、まぜこぜ姉ちゃんのあとにくっついている妹ってかんじだね。あと、たぬきさんは特殊。エイミー先生も、あまり見ないタイプの猫だって不思議がっていた。一番の美人さんだけど、警戒心が異様に強くて、すぐ物陰に隠れちゃうんだ。ほら、見てごらん、あの太くてふさふさした尻尾。それに首の白い毛もファーみたいだろ」

小声で話すミカズさんはいかにもうれしそうだった。

たぬきさんは、こきんちゃんと同じ茶白だけれど、顔が横に長いひし形で、鼻がつんと出ていて、たしかに狸《たぬき》に似ていなくもない。

　でも、やっぱり、まっさきに目が行くのは銀ちゃんの青い目だ。からだが白っぽいので、銀ちゃんと呼ばれているが、その青い目は、ミカズさんが作る琉球ガラスのコップを思わせる。

　工房に通されて、まずは奥の小上がりで子猫たちの写真を見せてもらったとき、母も声をあげた。

「あら、先生。この子の目は、先生のコップと同じ色じゃありませんか」

「そうなんです。それに気づいたとき、ぼくは鳥肌が立ちましたよ。いろいろな幸運に導かれてきたけれど、こんな偶然はあるものじゃありませんからね。おまけに銀ちゃんはカギ尻尾ですから」

　たしかに写真のなかの銀ちゃんは一匹だけ尻尾が曲がっている。

「あの尻尾で、熊手みたいに、幸運をかき集めるっていう迷信があるんですって。ヨーロッパではかなり古くから信じられていて、大航海時代には、カギ尻尾の猫が乗っていれば、その船は沈まないってことで、すごく大切にされていたんですって」

　侑子は物知りだけれど、鼻にかけたところがまるでないのは相変わらずだ。

「猫たちが来てから、おとうさんが猫に関することをやたらと調べて、片っ端から教えてくるのよ」

「でも、それがみんな頭に入っちゃうんだから、ホントにすごいわよねえ」

母がバカみたいな感心の仕方をして、わたしは恥ずかしかった。

侑子のおかあさんは外せない出張が入っていて不在、航太君は夏風邪をひいて部屋で休んでいるという。

子猫たちの名前は「銀ちゃん」と「まぜこぜちゃん」がまず決まり、「たぬきさん」もそれでピッタリということになった。唯一のオスは、「銀ちゃん」と対で「金ちゃん」にしようかとも思ったが、それではありきたりだと、「こきんちゃん」にした。

「アンパンマンに出てくる『コキンちゃん』は片仮名だけど、こっちは平仮名なんだ」

得意げに命名の由来を説明したあとに子猫たちのようすを見に行ったミカズさんが右手で手招きをした。ただし、左手の人差し指を口の前に立てている。わたしたちは足音を忍《しの》ばせて工房のなかを歩き、竹やぶ側の窓ぎわに並んだのだ。

メリー・ゴー・ラウンドならぬキャット・ゴー・ラウンドではしゃぎ疲れた四匹の子猫たちは、木製のベンチのうえでかたまって眠りだした。

でも、ミカズさんによると、こきんちゃんか、たぬきさんのどちらかが薄目を開けて、つねに警戒しているのだという。

ただし、異変をかんじると、たぬきさんは自分だけ逃げてしまう。それに対して、こきんちゃんはいかにも勇敢に四本の脚を踏ん張り、尻尾を立てて、テリトリーを守ろうとするのだという。

「猫においては、オスとメスで気性がちがうみたいだよね」

ミカズさんは少し困ったようにはにかんだ。

それにしても、四匹とも本当にかわいい。

「ブチャも、このくらい小さいときに、うちに来てくれていたらよかったのになあ。それで、ずっとかわいい子猫のままだったらいいのに」

「敦子さん、本気でそういうふうに考えちゃいけないよ」

信頼している大人にたしなめられて、わたしは固まった。

「ぼくは齢《よわい》四十六にして、ようやく猫との付き合いが始まったんだ。きみは三年前、十二歳のときに、その猫と出会ったんだろ。もしも、ぼくが十二のときに猫と出会っていたら、もっと早く肩の力が抜けて、もっと柔軟な人間になっていたと思う。でも、なにごとも運命だからね」

そこで息をつくと、ミカズさんはわたしとしっかり目を合わせた。

「それとね、生きとし生けるものは変化し続ける。自分自身の心とからだも、自分以外の生きものの心とからだも変化し続ける。そうした変化をし続けるものどうしがある時に出会い、さまざまな仕方で関係を持って、いつしか別れのときを迎えるんだ。その変化を押しとどめることは、けっしてできない」

それからミカズさんは、自分の母親がこどものころに猫のお産と子育てを間近に見た話をしてくれた。

「産みの母親を五つのときに亡くしたぼくの母は、出産と子育てをキジトラ猫のミー子に教わったわけで、子育てについて、ぼくはミー子の孫弟子になるって知ったのは、ひと月ほど前でね。あの四匹が生まれて、庭で育てることを電話で母に伝えたら、『あら、それはよかったじゃない』って喜んで、初めてミー子のことを教えてくれたんだ。わざわざ、このうちまで猫たちを見に来てくれたエイミー先生によると、ぼくが五月の末に初めて気づいたとき、あの子猫たちは生後一ヵ月くらいだったんじゃないかって。つまり所在不明中の母猫も、母屋の縁の下で、ひと月のあいだ、ミー子が子猫たちにしたように、銀ちゃんたちにオッパイをあげて、排せつについても教えたんだろうと思うと、母猫がいなくなっても元気にしているあの子たちが限りなく大切に思えてね」

ミカズさんが感慨深げに語った。

胸を打たれながらも、わたしはやはり子猫たちにかわいいままでいてほしかった。そして、いつまでも仲良く楽しく暮らしてほしいと思っていた。

四匹はまだベンチのうえで眠っている。銀ちゃんとまぜこぜちゃんはもちろん、こきんちゃんも、たぬきさんもぐっすり眠っている。キャット・ゴー・ラウンドでの嬉々とした姿が目に浮かぶ。わたしと豊だって、幼いころはあんなふうだったはずだ。

「そうだ、チビのことを言っていなかったね」

ミー子が産んだ四匹の子猫のうち、ほかの三匹がもらわれていった晩に姿を消したオス猫の話を聞いて、わたしは激しいショックを受けた。チビたちは、ミカズさんのおかあさんにずっと飼われていたと勝手に思い込んでいたからだ。

ほかの三匹がいなくなったのに気づいたとき、チビはどんなに驚き、かなしんだだろう。そして、ひとりで家を出ようと決意したとき、どれほどせつなかっただろう。

わたしはこらえきれなくなって涙を流した。しかも、かなしさがつのり、しゃくりあげた。

「敦子、どうしたの?」

心配した侑子にささえられて、わたしは奥の小上がりに腰かけた。侑子も、となりに腰かけて、脚を垂らした。

「おとうさんが言った、チビがいなくなった話?」

そう聞かれて、わたしは小さくうなずいた。

小上がりは四畳半のスペースで、ミカズさんの休憩所だ。画商や業者と打ち合わせをすることもある。わたしがコピーをいただいた対談もここでしたという。

小型の冷蔵庫とミニコンポが置いてあって、小一時間前に工房に通されたとき、ミカズさんは冷蔵庫から百六十㎖缶のサイダーをだして、侑子とわたしと母に一本ずつくれた。

　ミカズさんと母も小上がりにもどってきて、わたしたちの背後にすわった。

「そういえば、エイミー先生は帯広《おびひろ》畜産大学の出身なんだってね。それで、五年くらい前にオープンした帯広のレストランが、ぼくの皿やグラスを使ってくれることになって、久々に北海道旅行をしたことを話したんだけど、あんまりのってくれなくてさ。どうも、卒業後は、北海道と縁が切れているみたいだね。それは、ぼくや妻も同じでね。内地出身者で、内地にもどってきちゃうと、北海道に対して後ろめたい気持ちが生じて、気軽に旅行に行けなくなっちゃうんだ」

　思いつめたわたしの気持ちをそらせるように、ミカズさんはさっきまでとは関係のないことを、くだけた口調で話した。

「おとうさんはね、藤沢の出身だから、ときどき海のない埼玉県のことをバカにするの。そんなことを言ったって、しかたないのに」

　侑子にも気づかわれて、わたしの高ぶった気持ちはしだいに静まってきた。

「そうだ、侑子。悪いけど、麦茶の入ったピッチャーを持ってきてよ。この冷蔵庫のは、四、五日前に沸かしたやつだから」

「はい」と応じて侑子が立った。小上がりの脇に引き戸があって、そこから出たほうが戸建てに近い。

「お手伝いします」と母も侑子を追った。

束《つか》の間《ま》、工房のなかが静まった。

「見当違いかもしれないから、ぼくの独り言だと思って聞き流してくれていいんだけれど、うちは航太だけが中学受験をしたよね」

真後ろにいるミカズさんがこれまでにないかんじで話しだした。さっき、わたしをたしなめたときは言い聞かせるような話し方だったが、いまは打ち明け話をするみたいだ。

脚を垂らしたわたしは、開け放たれたバラック小屋の前面に目をむけたまま、耳をそばだてた。

「あれは、半分、ぼくがすすめたんだ。侑子は、母親と同じ川越女子に行きたいみたいだったから、中学も地元の公立になる」

話の行先は見えないが、わたしは上半身を少しだけ左にむけた。ミカズさんの姿は、まだ視界に入らない。ただ、背中をむけているよりも、このほうがいい気がする。

「あの子たちが小四の一学期に、懇談会のあとで、航太の担任に言われたんだ。航太も侑子も勉強ができすぎるって。百七十人くらいいる同学年の児童では航太が一番、侑子が二番で、三番以下とは大きな開きがある。中学に進んでも、その差は広がりこそすれ、縮まることはないでしょうって」

秀でた学力を理由に暗に中学受験をすすめられたわけだが、ミカズさんにはかねてより別の懸念もあったという。

「ぼく自身は双子じゃないから、身におぼえはないけれど、二卵性でも、あの子たちがふたりだけの世界に入っちゃうかんじが、幼いころからちょくちょくあってね。きょうだいなんだから、当然だし、無理に引き離す必要はないにしても、どこかのタイミングで、自然なかたちで、別々の道を進ませたほうがいいんじゃないかって思ってはいたんだ」

そこまでを言われて、わたしはもう現実から目をそむけることはできないのだと思った。ずっと前からわかっていたのに、きちんと認識するのが怖かったのだ。

わざわざ思いだす必要がないほど、わたしと豊は一緒だった。六、七歳くらいまで、本当に寝ても覚めても一緒にいた。銀ちゃんたちのように、きょうだいでくっついていた。でも、豊はいつまでもこのままではいけないと気づき、行動に移したのだ。さっきミカズさんが言ったとおり、変化を押しとどめることは決してできない。いくら戻りたくても、あのころに戻るわけにはいかないのだ。

再び気持ちが高ぶり、さっきよりも大粒の涙がわたしの両目からこぼれ出た。あとから、あとから、こぼれ落ちた。

わたしはハンカチで涙をぬぐい、垂らしていた脚をあげて、ミカズさんのほうにむき直った。

「ぼくには生まれ年が四つうえ、学年だと三つちがいの兄貴がいてね。兄貴のほうがずっとかしこくて、東大法学部を出て、司法試験に合格して、裁判官をしているんだ。そこの長男は、うちの子たちの五つうえで、航太が小四のときに、東京第一学園中等部の三年生だった」

優秀ないとこに導かれて、航太君は最難関の中高一貫校を受験し、合格した。予想外だったのは、しばらくして、侑子に感謝されたことだ。

「中学生になって、一、二週間したとき、ふいに言われたんだ。航太と別々の中学になって良かったって。小四の夏休みから、航太が中学受験にむけて塾通いを始めたときは、もし川高か浦高に行くんじゃなかったのって、裏切られた気持ちにもなった。それに、もしも不合格になって、航太が挫折感に苛《さいな》まれたらと心配してもいた。でも、こうして別々の中学校に通うようになってみると、いい意味で気持ちが楽になったって言われてさ」

航太君も名門の男子校で揉《も》まれて、医学部受験を目標に定める一方、部活動もがんばっている。ただ、高等部でも、軟式野球部しかないのを残念がっていて、三日前、ホームセンターで母と会ったミカズさんから、豊が大宮高校で硬式野球部に入ったと聞くと、本気で悔しがっていたという。

「ぼくはラグビー部だったから、野球部の同級生から聞いただけなんだけど、軟式野球と硬式野球は、ルールは同じでも、選手にとっては、まるで別のスポーツなんだってね。

硬球は打球の初速が格段に速いから、ピッチャーを含めた内野手は緊張感がハンパなくて、練習でも試合でも、ちょっとでも気を抜いて、打球への反応が遅れると、鼻をつぶされかねない。バッティングでも、芯を外すと、手がとんでもなく痺《しび》れる。でも、そのぶん、バットの真芯でボールをとらえると、はるか遠くまで打球が飛んでゆく。航太もがんばっていて、軟式ではけっこう強い野球部なんだけど、やっぱり野球をやってきたからには、一度は硬球でやってみたかったみたいなんだよね」

ミカズさんがそこまでを話したとき、侑子と母が戻ってきた。

小上がりの畳にピッチャーを載せたお盆が置かれて、ミカズさんが自作のコップに麦茶をついでくれた。わたしたちがいただいたものと同型同色でも、作られた工房で、しかも作者の前で飲むと、ひと味も、ふた味もちがう。

侑子のおかあさんが用意しておいてくれた葛饅頭《くずまんじゅう》もおいしくて、わたしはだいぶ気持ちがおちついた。

「ひとつご相談がありまして。豊の成績についてなんです」

母があらたまって、ミカズさんも姿勢を正した。

「あの子、一学期の中間テストと期末テストの両方でビリになりまして」

そう聞いたとたん、ミカズさんがにやにやした。

「それなのに、ちっともくじけていないんです。おまけに、先生方も、目くじらを立てるどころか、あの子のことをほめてくれて」

懇談会と野球部の保護者会に参加して、いくらか安心したようなことを言っていたが、母はやはり心配だったのだ。

母が担任とのやりとりをさらに詳しく話していくと、ミカズさんが笑いだした。

「あっははははは」

これまで聞いたことのない大きな笑い声が、広い工房に反響した。

「侑子、航太は起きてこられないかなあ」

「まだ無理じゃない」

侑子は慣れているのか、ミカズさんの大笑いにも動じていない。

「いや、おかしい。久しぶりにいい話を聞いたなあ。いやいや、それはそれは。豊君はじつに大したものだ。小学生のときの、横断歩道で手をあげる自由研究も愉快だったしね」

手放しで喜ぶ父親に、侑子が醒《さ》めた目をむけている。でも、すっかり呆《あき》れているわけではないようだ。

「豊君は自分が目標に据えて、自分の力で合格を勝ち取った大宮高校での毎日を、本気で楽しんでいるんですよ。うちの子猫たちが、この庭を楽しんでいるみたいにね。テストの成績がトップだろうと、ビリだろうと、大宮高校の生徒であることに変わりはない。

先生たちも白い目をむけるつもりはないわけで、それを豊君はよくわかっている。そうでなけりゃあ、二回続けてビリになって、元気に学校に行けるわけがない」

ミカズさんはそこで麦茶を飲んだ。その姿がじつにサマになっていて、わたしは目を奪われた。

「三年間の高校生活で、豊君は同級生の誰よりも多くのことを学ぶんじゃないかな。そして、高校での人間関係が、かれの一生の財産になりますよ。なにも心配はいりません」

そこで口をつぐむと、ミカズさんはスイッチが切れたように、がくりと首を垂れた。

「ぼくも歳でね。唐突にエネルギーが切れるんだ。でも、五秒あれば復活する」

ふたたび元気な声で話しだしたミカズさんが、「敦子さん」と呼んだ。

「豊君におくれをとったなんて反省は無用ですよ。ぼくが見るところ、あなたは一家のバランサーなんでしょう。でもね、あわてて無理に自分を変えようとしないでくださいよ。スイッチは、気がついたときには、もう入ってしまっているんです。逆に言えば、自分で無理にスイッチを入れても、いいことはない。人生は、本当に、ひとそれぞれなんですから」

それからミカズさんは、猫とひととの関係もそれぞれなのだという話をした。ミー子は飼い猫だったし、ミー子のこどもたちも人間に守られた環境で生まれて、育った。だからチビ以外の子猫たちはおとなしくもらわれていったが、銀ちゃんたちはちがう。

「母猫はのら猫だし、父猫ものら猫なんでしょう。そして、あの四匹も、のら猫として生を受けた。だから、ぼくが庭に出ると、たぬきさんは脱兎《だっと》のごとく逃げてゆくし、こきんちゃんは距離をとって警戒している。でも、まぜこぜちゃんと銀ちゃんは好奇心のほうが勝って、かなり近寄ってくるようになった。この関係が、これからどう変わっていくのか。それから、あの四匹が、この庭をどうやって自分たちのテリトリーにしていくのか。ぼくは本当に興味深々でね」

「敦子、きょうはごめんね。もう、おとうさん、しゃべりすぎ」

「そんなことないよ。いろいろ、うれしかった」

気を利かせた母が先においとましたあと、侑子とわたしは子猫たちが寝ていたベンチにすわった。すでに四匹ともどこかに行ってしまい、姿は見えなかった。

ミカズさんは工房で製品の箱詰めをしている。ガラスを吹くのは週に五日。三日続けて、コップやお皿を作り、一日休んで、二日吹き、また一日休むのだという。

「ねえ、インタビュー記事にあった、おとうさんの背中のやけどって、そんなにひどいの？」

わたしが声をひそめて聞くと、ほんの一瞬黙った侑子が笑顔でうなずいた。

「皮膚を移植しなくてすむギリギリの範囲だったんだって。でも、やけどをした場所は皮膚呼吸ができないし、汗もかけないから、熱い工房でガラスを吹くのは、けっこうキツイみたい。小三のときに、おかあさんにそう聞いてから、気軽に工房に行けなくなっちゃってね。背中に大きな傷があるのは、小さいうちから知ってたけど、詳しく聞けないじゃない」

明るく話す侑子の強さに、わたしは背筋が伸びた。

「航太が医学部を目ざしているのは、去年亡くなった母方の祖母の認知症が重かったこともあるけど、おとうさんのやけども関係しているんじゃないかって思う。わたしも再生医療に興味があるし。でも、日本の大学や研究機関って、男子でも女子でも、待遇がとにかくひどいのよ。なにを研究するにしても、そこのところを正していかないと、自分も苦しむし、あとの世代も大変じゃない」

高校一年生にして、次の世代のことまで考えている侑子の賢明さに、わたしは頭がさがった。

「そのうち、また猫たちを見にきてね」

侑子に見送られて、わたしは一キロほど離れた家にむかって歩きだした。

真夏の午後の日差しを浴びながら道々考えたのは、猫のことだ。ひとくちに猫を飼うといっても、それぞれの家でかなり条件がちがうし、流儀もちがう。

侑子のところは、ミカズさんが終日家にいることもあって、あの広い庭で放し飼いにしている。あの飼い方で無事にいくのか、それともエイミー先生が注意したというように、庭の外に出て交通事故にあうとか、のら猫に襲われるといったアクシデントに見舞われるのかはわからない。

そこまでを考えて、わたしはハッとした。

ブチャは、のら猫として四年を生き延びて、交通事故にあい、父に介抱されて、わが家に引き取られた。わたしはブチャを溺愛する父や、ブチャの相手をしない豊のほうに気を取られてきたけれど、ブチャにしてみれば、まさに九死に一生を得て、安全に暮らせるようになったのだ。

侑子の家で出産した母猫にしても、あの庭が安全で、あの家に暮らすひとたちがいいひとたちだとかんじたからこそ、母屋の床下で出産し、子育てをしようと決めたにちがいない。

ミカズさんが言ったとおり、ひととひとがそうであるように、ひとと猫も、それぞれが日々変化するなかで、あるとき運命的に出会うのだ。そして、スイッチも運命的に入るのだ。

わたしには、いつ、どんなスイッチが入るのだろう。

それはスイッチが入ったあとにしかわからないと、ミカズさんは言った。それはそのとおりなのだろうし、わたしも航太君や侑子、そして豊に負けないようにがんばっていこうと思う。

でも、まずは、ブチャをうんとかわいがろう。まさに運命で、わが家に縁づいた猫を大切にしよう。そして、高校生活を楽しもう。女子バレーボール部のエースとして信頼されるように、精一杯がんばろう。

「うん。それでいいんだよ」

大きくうなずくと、わたしはその場で屈《かが》み、高くジャンプした。

第四話　男の子たち

「今週は、うちの猫たちについて、ビッグニュースがあります。父もぼくも予想していなかった、とても意外な展開です」

最前列中央の席から教壇に登ったサトコーこと佐藤航太が言って、「お〜」とクラス中が沸いた。担任の瓜生《うりゅう》まさ子先生も興味津々という顔をしている。

「おいおい、まさか、青い目の銀ちゃんに、彼氏ができたんじゃねえだろうなあ」

廊下側の最前列でわめいたのは、おれと同じサッカー部の松岡翔《まつおかしょう》だ。中高一貫の男子校なので、ヤンチャにふるまっているが、マッショーは極度の照れ屋で、女性の前ではからっきしだ。コンビニやファストフード店も、店員が若い女性だと、入るのをやめてしまう。

（自意識過剰なんだよ。おれも、ひとのことは言えないけど）

頭のなかでぼやいていると、「父猫、つまり子猫たちの父親が、うちの庭にあらわれました」とサトコーが言った。

「マジ？」

何人かが声をあげたが、今度はおれの声が一番デカかったらしい。クラス全員が振り返り、窓際最後列に座るおれに怪訝《けげん》な目をむけてきた。

「悪い。続けてよ。いや、続けてください」

腰を浮かせたおれは、教卓のサトコーにむけてチョコンと頭をさげた。ストレートの髪が垂れて視界に入り、反射的に首を振る。生意気に見える仕草だとわかっているし、サッカー部のコーチに、「あと二センチ、前髪を短くしろ。そうすれば視野がもっと広がるぞ」と、しつこく言われているが、そんなに簡単に切れるなら、そもそもこの髪型にしていない。

対するサトコーは野球部で、中等部に入学したときからずっと短髪にしている。学年でトップテンに入る秀才なのに、すかしたところのない、気持ちの好いやつだ。英語で言えば、ナイスガイ。スペイン語なら、ブエンチコ。

教卓脇の台には32インチの大型テレビが置かれている。パソコンと接続されていて、地理や生物では、よく映像を用いた授業がおこなわれていた。

そして、毎週月曜日六限のホームルームでは、きょうもこのあとそうなるはずだが、サトコーが四匹の子猫たちの写真や動画をテレビに映して、学ランの男どもがかじりつく。おれも一応眺めてはいるが、席を動きはしない。

みんなが一斉にこっちを見たのは、そんなおれが、猫のことでやたらな反応を示したからだ。

「お～い、ジョーリン。気にするな。それじゃあ、続けます」

サトコーは朗らかに言って、ひとつ息をついた。条辺《じょうべ》潾《りん》太郎《たろう》、略してジョーリンは、中等部からのおれのあだ名、ニックネームだ。

スペイン語で、あだ名をなんと言うのかは知らない。NHKのテレビ講座を録画して見始めたのは先週からなので、おれはまだスペイン語の初心者ですらない。医学部志望ならドイツ語だが、あいさつ程度でいいから、おれはスペイン語を話せるようになりたいのだ。

「うちの子猫たちを産んだ母猫が行方知れずになっていることは、すでに言いました。母屋の勝手口に置かれた室外機のうえに横たわった茶白の猫は、ぼくの父が近づいても逃げようとせず、父がふしぎに思っていると、足元をうろちょろする生きものがいて、それが四匹の子猫たちだったわけです」

教卓に立ったサトコーが話しだした。あいつは日本語の発音がとてもきれいで、テンポもいい。それはつまり、自分が話す内容をきちんと理解しているからだと褒めたのは、現国の担当でもある瓜生先生だ。

「父によると、母猫はかなりの高齢で、そうとう弱ってもいたので、床下で産んだ子猫たちが庭に出てこられるところまで育てて、力尽きたのではないか。獣医師のエイミー先生も、同じ意見だったそうです。そう聞いたぼくは、それなら父猫はどうしているのかとは考えませんでした。これまで一度も、それらしいオス猫が庭にあらわれていないせいでもあるけれど、出産と子育ては母親であるメス猫がして、彼女を孕《はら》ませたオス猫はどちらにも関与しないのではないかと、漠然と考えていたわけです。これもすでに話しましたが、ぼくの父方の祖母の家にいたミー子は、出産も子育ても自分だけでしたそうです」

そこでサトコーが口をつぐみ、頰をふくらませた。めったにないが、あいつが緊張しているときや怒っているときにでるクセだ。

「これもまたすでに話していますが、繰り返せば、猫のメスはふつう、一度に四つの卵子を排出します。そして、十日間ほど続く発情期に、複数のオス猫と交尾をすることもある。そのため、うちの四匹のように、四つ子でありながら、それぞれの模様や毛並み、体形がまるでちがうということが起こり得るわけです。そうした事実からかんがみて、ぼくは、オス猫がメス猫と関わるのは交尾のときだけで、メス猫のほうでも、特定のオス猫を自分のパートナーとして意識することはないのではないかと考えていたのです。しかしながら、その考えは間違っていて、父親としての責任を果たそうとするオス猫がいたのです」

おれを含めて、クラス全員が身じろぎせずに聞き入っている。

「多少脱線しますが、聞いてくださいい。このあいだ、シングルマザーの世帯がおかれている困窮について報じる連載記事が新聞に載っていました。テレビでも、同様の内容が放送されていました。また、日本では、既婚男性が家事や育児に費やす時間が、諸外国に比べて非常に少ないことがゆゆしき問題であるとして、こちらも新聞やテレビのニュース番組でたびたび取り上げられています」

サトコーが視線を天井にむけて、おれもつられた。

「いや、猫と人間の生態を比較して、教訓めいた話をするのは、やっぱりやめておきます。なにしろ、うちの庭で猫を飼うようになって、まだ半年ほどです。それに、ぼく自身が猫を観察しているわけではなく、ほとんどは父からの又聞きです。なにより、ぼくたちの家庭環境がそれぞれちがうように、シングルマザーの世帯だって、個別の事情は異なっているはずです。安易に一括《ひとくく》りにして語るわけにはいきません。とにかく、一週間ほど前から、一匹の大柄な茶白のオス猫が、うちの庭にやってくるようになりました。そして、かれはどうやら子猫たちの父親なのです」

そう言って、サトコーが32インチのテレビ画面に映しだしたのは、いかにもケンカが強そうな丸顔の猫だった。そして、なんと、そのいかつい猫と、たぬきさんが、鼻と鼻をすり合わせているのだ。

「お〜」

感嘆のため息が教室を包んだ。大小二匹の猫のあいだには、あきらかに親子の情愛が見てとれた。それに、四匹の子猫のなかで最も警戒心の強いたぬきさんの穏やかな表情は、これまで見たことがないものだった。

「次です」

サトコーがコマを送ると、今度はこきんちゃんが父猫と仲睦《なかむつ》まじくしている。

「お〜」と、再び声があがった。こきんちゃんと父猫は模様や毛並みがそっくりだ。

先週までの写真と動画では、銀ちゃんとまぜこぜちゃんが多く映っていた。一般に、メス猫のほうが好奇心旺盛で、ひとになつきやすい。まぜこぜちゃんは黒が勝った三毛猫で、サトコーのとうさんに一番なついている。肩に乗ったり、指を舐めたり。あんなふうにされたら、誰だってメロメロだ。

銀ちゃんは青い目で、白を基調とした体毛に黒や茶がまじっている。シャム系の三毛という、かなりめずらしいタイプのミックス＝雑種だそうだ。こちらもサトコーのとうさんになついているが、まぜこぜちゃんがしているから、自分もそうしているというようすが見てとれる。

まぜこぜちゃんは俊敏で、跳躍力が半端ない。銀ちゃんはかわいくて、おっとり。たぬきさんは正統派の美形、臆病かつ自尊心が強い。それでいて、どこか抜けている。

マツショーを筆頭に、クラスの人気は銀ちゃんに集まっている。でも、おれはまぜこぜちゃんが気になっている。だから、まぜこぜちゃんがサトコーのとうさんにぞっこんなのが、なんとも悔しい。

おれがテレビのそばに寄らないのは、猫に興味がないからではなく、いろいろと刺激が強すぎるからだ。なにより、おれの生い立ちは子猫たちと多少似ていなくもなくて、サトコーの話を本気で聞いていると、つらくなってしまうのである。


おれの両親は、一年ほどしか一緒に暮らさなかったらしい。しかも、おれを宿したことがわかったとき、父と母は同棲《どうせい》を解消しようとしていた。母は精神面に不安を抱えており、これ以上父に負担をかけることはできない、またあなたの希望する海外勤務に同行することはできないのだからと言ってゆずらなかった。そして父がようやく別れを承知したとき、母の妊娠が判明したのである。母は授かったこどもをどうしても産みたい、自分ひとりで育てると言い張り、父は生まれてくるこどもを自分の子として認知し、経済的な援助もすると約束した。

「りんちゃんのおとうさんは、メキシコの銀行でお仕事をしているのよ」

おれにそう教えてくれたのは、長崎市に住む父方の祖母だ。入行三年目の父・関口郁《せきぐちいく》馬《ま》は、おれの誕生を待たずにメキシコに赴任したのである。

銀行員の異動や転勤は、当人にも、発令の当日まで知らされないそうだ。行員が横領などの不正行為を働いていた場合、隠蔽工作をする猶予を与えないための措置で、意に沿わない辞令であっても、異議を申し立てることはできない。

父はメキシコシティから送った速達のエアメールで、長崎の両親に自分のこどもが誕生することを伝えた。経済学部の同級生であり、都内の会計事務所で働きながら税理士を目ざしている女性との関係や、彼女に身寄りがないことも伝えた。幼いころに母親を病気で亡くし、父親も彼女が大学在学中に心臓発作で亡くなっている。

祖父母は驚きながらも、自分たちの初孫を宿した女性と連絡を取った。そして長崎で出産することをすすめて、母はその申し出に応じたのである。

潾太郎というおれの名は、母の求めで祖父がつけた。じっさいは祖父から相談された父がつけたそうだ。潾は、水の清いさま、澄んでいるさまで、母もおれも、とても気に入っている。

ともかく、おれはこの世に生を受けて、名もついたが、おれの誕生から半年ほどで、母と祖父母は折り合いが悪くなった。その後も関係は修復されず、母は生後十ヵ月のおれを長崎において単身東京にもどり、税理士になるための勉強に励むことになった。

「三年以内に資格を取得して、かならず迎えにまいります。潾太郎を、それまで、くれぐれもよろしくお願い致します」

約束した期限の三年目に国家試験に合格したものの、無理がたたって心身に不調をきたした母が、市立図書館のそばにある関口家にあらわれたのは、おれが四つになってからだった。

「りんちゃん、大きくなったわね。おかあさんよ」

母に呼ばれても、おれは近寄ろうとしなかった。一歳になる前にいなくなられたのだから、母をおぼえていなくて当然だ。それに母はいかにも神経質で、親しみやすいとは言いがたい女性だった。

それでも数日後には、おれは母の膝に乗った。同じ布団で一緒に寝るようにもなったが、祖父母は母子の東京での暮らしを案じた。なにより、一粒種の息子の血を引くかわいい孫との関係が途絶えてしまうことを恐れて、いくつかの約束を母と取り交わした。
・住所や電話番号に変更があったときは、かならず知らせること。
・漭太郎が祖父母と電話で話すのを認めること。また、年に一、二度、相互に訪問し合うのを認めること。
・祖父母からの生活費や学費の支援を断らないこと。
・将来、郁馬が漭太郎に会うことを望んだときは、その希望を叶《かな》えること。
おれが母とふたりで生活したのは四歳から十二歳までだった。東京大学駒場キャンパスの近くにある東京第一学園の中等部に合格すると、おれはいまも暮らしている朝夕二食付きの学生用マンションに入居した。

　このような、ふつうとは言いがたい幼少期をおくったわけだが、やせ我慢でなく、母との暮らしは楽しかった。少なくとも、あのまま母と疎遠になってしまうよりは、ずっとよかった。母もできる範囲で、おれの世話を焼いてくれた。

　母は精神的な不安を抑える薬を服用していた。それに疲れやすかったので、家事ができないときにはヘルパーを頼んだ。運動会や遠足の朝に、ヘルパーが手作りのお弁当を届けてくれたこともある。

　祖父母が上京してきたときは、おれだけが宿泊先のホテルに泊まった。母はホテルのロビーに迎えにきてくれることもあれば、迎えにいけなくなったと、ホテルのフロントに電話をしてくることもあった。

　そんなとき、困惑する祖父母の前で、おれはことさら元気にふるまった。しょんぼりしたり、べそをかいたりしたら、祖父母はおれを長崎に連れ帰ろうとするかもしれない。そうなったら、母は立ち直れないほど落ち込んでしまうだろう。

　小学四年生になって、学習塾に通うようになると、母は塾のテキストに丁寧に目を通し、アドバイスをしてくれた。母は数学が得意で、本当は理論物理学を学びたかったそうだ。宇宙の成り立ちに興味があったのだという。母の性質をついだのか、おれは理数系の成績がとくに良く、塾では特待生の扱いを受けていた。

　模試のあとには、ふたりでファミリーレストランに行った。おれがねだって、回転寿《ず》司《し》に行ったこともある。

そうした母の奮闘も、おれが小学校を卒業するまでが限度だった。あのあとも母と一緒に暮らしていたら、どちらも心身に深いキズを負っていたにちがいない。

母は家庭的なひとではないし、ましてや母性愛にあふれたひとではない。女性として褒められない性質であることを自分でもよくわかっていながら子を産む決断をして、懸命に育てたのだから、文句を言ったらバチが当たる。

こうした客観的な見方をできるようになったのは、母の主治医である尾崎《おざき》先生のおかげだ。長崎での出産をすすめたのも、手放しかけた息子を引き取って一緒に暮らすことを母にすすめたのも、尾崎先生だという。

そして、東京第一学園中等部に合格したおれに、母と離れて暮らすようにさとしたのも、尾崎先生だった。母と似た華奢《きゃしゃ》な体格で、年齢もそれほどちがわないのに、とにかくやさしくて、おちつきがある。尾崎先生と知り合わなければ、おれが医師を志すことはなかっただろう。

母と別れて暮らすのはさみしかったが、母の心身を気づかう日々から解放されたおれはサッカー部に入り、練習に励んだ。小学校では、体育の時間しかスポーツをしてこなかったため、スタミナはなく、運動神経もいいとはいえないが、体力がなければ大学受験を勝ち抜けない。まして、苛酷で鳴る医学部のカリキュラムについていけない。

公式戦に出場するなど夢のまた夢だし、勉強についても、秀才ぞろいの名門校では中の上といったところだったが、おれは腐らなかった。

祖父母とは、毎晩スカイプで話すようになった。ノートパソコンとスマートフォンが入学祝いで、母に代わって東京第一学園の入学式に参列するために上京したときに買ってもらった。それまでなにかと控えめだった祖父母は食べ物や生活用品をさかんに送ってきた。

中等部の三年間、夏休みと冬休みは長崎で過ごした。夏期講習と冬季講習は長崎駅前の学習塾で受けて、おれは講師や生徒たちと仲良くなった。

母との関係も途絶えたわけではなく、月に一、二度、外で食事をしている。子育ての負担がなくなったせいか、母はほんの少し明るくなった気がする。

そして今年の四月、おれはサトコーやマッショーたちと共に、東京第一学園の高等部に進んだのである。

教室のテレビに、最初に猫を映したのは、瓜生まさ子先生だ。かねてより、受験勉強のストレスをいかにして軽減させるかについて考えてきた。心療内科の医師や大学教授らとも連携して、実践的な取り組みをしている。

「とっておきの秘策がペットです。小鳥やハムスターよりも、犬や猫といった、ある程度の意思疎通が可能な動物のほうがいいのではないか。なかでも猫が最適だというのは、大の猫好きであるわたしの勝手な意見です」

そう前置きをして、四月初めのホームルームで、瓜生先生は自分の飼い猫ニアの動画を見せてくれた。

しかし、残念なことに、ニアは男子高校生にまったくハマらなかった。アビシニアンという種類の六歳になるオス猫で、筋肉質のしなやかな体型、ライオンのような金色の毛並み、バレエキャットと呼ばれるエレガントな立ち姿など、すぐれた点が多々あるのは、映像でもよくわかる。ただ、それらは瓜生先生を喜ばせる形質なのであって、おれたちが夢中になったのは、今年の五月にサトコーの家で生まれ、広い庭で放し飼いになっている銀ちゃんたちだったわけだ。

サトコーのとうさんはガラス作家で、自宅にある工房で制作をしている。かあさんは高校の教師だそうだ。一番うらやましいのは、二卵性双生児の姉さんがいることだ。おれもそうだったら、きょうだいで励まし合えて、まるきりちがう少年時代になっていただろう。

それはともかく、おれたちを大喜びさせている子猫たちの写真や動画は、日中外出している家族に見せるために、サトコーのとうさんが撮影しているものだ。誰に見せてもいいが、ネット上への転載や、データの共有はダメ。よって、残念ながら、まぜこぜちゃんや銀ちゃんの画像をスマホの待ち受け画面にすることはできない。

それでも、みんなは毎週月曜日六限のホームルームを心待ちにしていた。そして、受験勉強のストレスに関する瓜生先生の仮説を実証するかのように、クラス全員が成績を伸ばしていた。なかでもサトコーは夏休み中におこなわれた全国模試で東大理Ⅲの合格圏に入った。主に医学部に進む、まさに日本のトップ・オブ・ザ・トップだ。

ただし、サトコーは東大にこだわっていない。現役で国公立大学の医学部に進むのが目標で、東大の理Ⅲを受験するかどうかは、高三の一月に受けるセンター試験の出来で決める。おれが第一志望にしている長崎大学医学部も候補に考えていると聞いたときはうれしかった。幕末に、オランダの軍医ポンペが開いた日本最初の西洋式病院を基とする長崎大学医学部は旧帝大の医学部よりも歴史があることを、サトコーはもちろん知っていた。

サトコーとおれでは頭のできが一段も二段もちがうが、大学でも一緒に学べたらとてもうれしい。でも、サトコーのような、優秀な頭脳に加えて、広い視野と、あたたかい心を持った者こそが、日本の最高学府で学んでほしいとも、おれは思っている。

「この写真は、きのう、ぼくがスマホで撮影したものです。ここに写っているのは、うちの西側にある塀です。高さは二・五メートルくらい。ご覧のとおり、いかつい父猫は絶好の場所に陣取って、庭を見張っています。これでは、一帯に生息しているのら猫たちは、怖くてうちの庭に近寄れないでしょう。いま、顔と前足をアップにしてみますが、顔は傷だらけで、まさに歴戦の猛者。前足はライオンやトラといった猛獣を思わせます」

父猫の顔と前足が大写しになると、「お〜、こえ〜」と声が漏れた。クラス中が、あきらかにビビっている。生まれてこの方、一度もケンカをしたことのないおれは完全に怖気《おじけ》づいた。

これまでの猫に関する説明で最も考えさせられたのは、春に生まれた子猫が、秋には子を産む場合もあるということだ。猫は人間と比べて成長がとても速く、最初の一年で、人間の十八歳くらいになる。親子間、きょうだい間でも交尾をしてしまうため、避妊手術や去勢手術は早め早めにしたほうがいい。うかうかしていると、あっという間に繁殖して、手の施しようがなくなってしまう。

獣医師のエイミー先生による指導を受けて、サトコーのとうさんはアライグマやハクビシンも捕獲できる本格的な檻《おり》と革製の手袋を用意した。ところが、銀ちゃんは、檻を用いるまでもなく、洗濯用のネットにたわいもなく入れられてしまう。おっとりしているので、捕まえられたという自覚もなかったようだ。

ただ、手術の前日と当日、さらに術後の一日は食事をさせられない。広い玄関に置かれた檻のなかで、おなかを空《す》かせて「みゃ〜、みゃ〜」と鳴く銀ちゃんのようすには胸がしめつけられた。

　そして、声はすれども姿の見えないきょうだい猫を心配するこきんちゃんのそぞろな姿に、クラス中が胸をふるわせた。

　サトコーによると、四匹のなかで唯一のオス猫であるこきんちゃんには、強い責任感がある。深夜、猫同士が争う鳴き声がして、サトコーのとうさんが庭に出ると、決まってこきんちゃんが先頭になり、侵入してきたのら猫に立ちむかっている。その後ろで、まぜこぜちゃんと銀ちゃんも四本の脚を踏ん張っている。たぬきさんはどこかに隠れていて、姿を見せない。

　トップバッターとして避妊手術を受けた銀ちゃんが三日ぶりに庭にあらわれたときは、こきんちゃんとまぜこぜちゃんが駆け寄って、無事を確かめるように鼻と鼻をすり合わせた。

「すごいね。猫なのに……。ちがうよね、猫だから……。それもちがうよね。一緒に生まれて、一緒に育つのって、猫にとっても、こんなにすごいことなんだね」

　愛らしい写真と動画、それにサトコーの巧みな語りで感極まった瓜生先生は声を詰まらせた。

　まぜこぜちゃんも、銀ちゃん同様に簡単に捕まり、術後の経過も問題なかった。

　サトコーのとうさんが、こきんちゃんとたぬきさんを捕獲するくだりはアクション映画さながらなのだが、残念なことに写真も動画もない。そんな余裕は欠けらもない、まさに大捕り物で、分厚い革手袋と本格的な檻が大いに役立ったそうだ。

九月中旬から十月中旬にかけて、四匹の子猫たちは順番に避妊・去勢手術を受けた。そして、それが終わるのを待っていたかのように、父猫があらわれたのである。

「いままでどこにいたのか、どうしてこのタイミングであらわれたのか。その理由は知るよしもありませんが、この四、五日、ぼくの父がガラス作りの合間に観察しているかぎりでは、父猫は、子猫たちがうちの庭をテリトリーにするのを助けているようです。さっきの写真のように、目立つ場所に陣取って庭を見張り、よその猫が入ってくると、まずは威嚇して、さらには追いかけまわして、庭から追いだしてしまう。その一方、自分がやってくると、いかつい姿に似合わないかわいい声で『みゃ〜、みゃ〜』と鳴いて子猫たちを呼び、この写真のように、銀ちゃんや、まぜこぜちゃんとも、鼻やからだをすり合わせているわけです」

サトコーはさらに続けて、母猫が母屋の床下で授乳や子育てをしていたあいだ、父猫は母猫に食べ物や水を届けていたのではないか。そのときに、子猫たちともふれあっていたのではないか。そうでないと、父猫と子猫が、おたがいを親子だと認識している理由が説明できないと言った。

「犬ほどではないけれど、猫も匂いに敏感だそうです。しかし、生まれてから一度も接触していないオスの成猫を、子猫が匂いだけで自分たちの父猫だと認めるのは、いくらなんでも不可能でしょう」

サトコーの無理のない推論に、みんながうなずいている。

ただし、問題はこの先だ。父猫は子猫たちの成長を見届けて去っていくのか。はたまた、佐藤家の庭を絶好の住処《すみか》と見なして、自分が新たに孕ませたメス猫を母屋の床下にいざなうのか。

後者の展開が厄介なのは言うまでもない。その場合は、父猫も捕獲して去勢手術をするしかないが、登場したばかりでもあり、サトコーのとうさんは、いまはまだ手出しをせずに、ようすを見守っているそうだ。

「このたび父猫が出現したことで、ぼくはいろいろ考えさせられました。この猫の行動が、のら猫のオスとして一般的なものかどうかはわかりませんし、できることなら、母猫が行方知れずになる前から、子猫たちを守ってやってほしかったとも思います。それでも、とにかく、かれはあらわれて、子猫たちのために献身している点は評価したいと、ぼくは思っています」

そこまで話したサトコーが笑顔になった。

「このところ、ぼくの話はそんなに長くなかったのですが、きょうはとても長くなりました。話しながら考えをまとめていったので、わかりづらいところもあったかもしれません」
そう言って、教室にひとわたり目をやったサトコーが、おれと目を合わせた。ほんの一瞬だったが意図をかんじて、おれはホームルームが終わったあとも椅子にすわったまま、窓の外を眺めていた。

十一月なかばで、午後四時でも、日はかなり傾いている。ムクドリが群れになって飛んで行く。東京大学駒場キャンパスの広い構内には高い木々が生い茂っているから、鳥たちには格好の住処だ。

「ジョーリン」と呼ばれて、おれは窓に向けていた視線を教室に移した。ガランとした教室にはサトコーと瓜生先生だけが残っていた。

うちの学園の部活動は週四日以内と決まっている。対外試合やイベントは週末に組まれるため、月曜日はほとんどの部活が休みだ。学業が第一なので、予習復習をする時間が十分に確保できる範囲で活動するのである。

「前置きなしに言うと、先月の終わりに、生まれてこの方、一度もちゃんと会ったことのない父親が、長崎にいる祖父母を通して、おれと会いたいって言ってきたんだ。十二月の第一日曜日に帰国して、十日間、都内に滞在する予定なんだって。それでモヤモヤしていたところに、銀ちゃんたちの父猫が庭にあらわれたって言われちゃあ、驚くよ」

おれは自分の生い立ちを手短に語った。サトコーとも、瓜生先生とも目を合わせないようにして、早口で語った。

ちゃんと会ったことはないが、おれは父の顔を知っている。おれが三歳のときに一緒に撮った写真が残っているからだ。

ただし、撮影したことはすっかり忘れていた。なぜなら、そのひとは父だと名乗らず、祖父母も父だと教えてくれなかったからだ。そのうえ、その写真をおれに一度も見せてくれなかった。にもかかわらず、中一の夏休みに、ふいに思いだしたのである。

「ねえ、ぼく、初めて会った男のひとと、ここで写真を撮ったことがあるよね」

四歳で東京に移ってから、約八年ぶりに長崎に帰ってきたことで脳が刺激を受けて、閉ざされていた記憶がよみがえったのだろう。

「ツバメが飛んでいたから、三月かなあ」

そこで祖父母が困っているのに気づき、おれは口を閉じた。長崎空港に迎えにきてくれた祖父の車で金屋町《かなやまち》の家に着いたばかりで、少し車酔いをしていた頭にとつぜん映像が浮かんだのだ。

「さあさあ、りんちゃん、なかで休みましょう。おじいさんの運転は乱暴じゃなかった？」

留守番をしていた祖母にうながされて、おれは門をくぐった。

長崎市金屋町にある祖父母の家は、いわゆるデザイナーズハウスだ。外観も内装もシンプルだが、隅々まで意匠がこらされた建物で、立ち止まって見ていくひとも多い。そのときも、通りすがりの誰かが、めずらしい家に目を留めていたのかもしれない。

祖母の実家は資産家で、長崎市や諫早《いさはや》市に多数の地所を有している。不動産会社と提携して賃貸マンションや商業ビルを建てたり、借地にしたりと、手広く事業を展開している。

金屋町の土地は、長女である祖母が結婚するに当たり、持参金として分け与えられたそうだ。祖父は地元の地銀に勤めていたが、四十代なかばで退行し、妻の実家の事業を手伝うようになった。

祖母の年子の弟は建築家で、義兄の転職祝いに、金屋町に新しい家を建てたらどうだと言いだした。設計費用は要らないから、こちらの思いどおりにさせてほしいという。

「三つだけ、条件をつけていいって言われてね。おじいちゃんとおばあちゃんで知恵を絞ったの。どんな条件をつけたか、わかる？」

おれが思いだした写真撮影の記憶をはぐらかそうとするように、リビングのソファにかけた祖母は質問をむけてきた。

祖母の実家のことや、祖父が銀行員だったことも初めて知ったが、おれはよけいな詮索はしなかった。そして、おとぎ話のなかでされるような質問への答えをまじめに考えた。

「畳の部屋があること」

おしゃれな外観の家には一階にも二階にも和室があったからだ。

「りんちゃんは、本当におりこうね」と祖母が褒めた。

「ばあさん、中学一年生に、『おりこうね』はないよ。なあ、潾太郎」

「うん、じゃなくて、はい、だね」

おれが機転を利かせて答えると、笑顔を見せた祖父がソファにかけ直した。

「これまでも、きょうこそ言おう。いや、やっぱりやめておこうって、何度も悩んでね」

祖父がしんみりと話しだした。父について打ち明けられるのだとわかり、おれは鼻で息をして、気持ちを整えた。三つだけだせる条件の、あとのふたつをなににしたのかは、もう当てなくていいらしい。

「まず、言っておきたいのは、ぼくらは沙恵《さえ》さんに感謝している。郁馬と、短い月日であれ結ばれて、潾太郎を産んでくれたことに、本当に感謝している」

祖父のことばを疑う必要はなかった。また、祖父が自分たち夫婦のことを「ぼくら」と呼ぶのもおもしろかった。「わたしたち」より、「ぼくら」のほうが若々しくて、フレンドリーだ。

おれは一生懸命に気持ちに余裕をつくろうとしていた。これは尾崎先生に助けられながら母と暮らすうちに身に着けたテクニックだ。

生後十ヵ月のおれを長崎において母が東京にもどっていったあと、祖父母はそうした方面に詳しい弁護士に依頼してさまざまな可能性について検討したが、母親の親権は法律で最大限に保護されている。なにより、メキシコにいる父が母の意思を尊重してやってほしいと言ってきた。

「沙恵さんから頼んでくるまでは、こちらからは行動を起こさないでくれって、郁馬にきつく言われてね」

祖父母は、おれを関口家の子にしたいと考えたのだろう。その気持ちを否定しようとは思わない。

東京の尾崎先生から連絡があったのは、母が約束した三年が過ぎようとしていたときだった。条辺沙恵さんは税理士試験に合格したものの、心身に不調をきたしていて、すぐには息子さんを引き取れない。しかし、彼女がこれからの長い人生を送っていくうえで、息子さんの存在はかけがえのないものであり、是非とも柔軟な対応をお願いしたい。

尾崎先生はメキシコの父にも働きかけたようで、父は約四年ぶりに帰国し、長崎の実家を訪れた。それまで一度も帰国しなかったのは、日本に戻ったら、息子に会いたいという誘惑に負けてしまうのがわかっていたからだそうだ。

「郁馬はね、りんちゃんに、自分がおとうさんだって名乗ったら、そのまま離れられなくなってしまうって思ったんですって。だから、りんちゃんとは、ほんの十分くらいしか一緒にいないで、うちにも泊まらないで、すぐに東京にむかったの。でも、沙恵さんとも会わなかったって。無理に会おうとしたら、沙恵さんが動揺して、りんちゃんを迎えにこられなくなってしまうかもしれないでしょ」

祖母は途中から涙声で、祖父も鼻をかんでいた。おれは、とにかく、気をそらしながら聞いていた。首をかしげて、前髪を垂らしては、頭を振る。

「事情は、よくわかりました。だから、そろそろ、おとうさんと撮った写真を見せてよ」

おれが笑顔で言うと、「りんちゃん、あなた、強い子ね。その歳で、そんなにしっかりしているなんて、これまでどれほどのつらい目にあって……」

祖母が両手で顔をおおった。

「そうだ、おばあちゃん。おれも、その写真をちらっと見るだけでいいからね。おとうさんの顔をガン見しちゃうと、どうなっちゃうか、自分でもわからないからさ」

聞き取りやすいようにはっきり言ったつもりだったが、祖父母には「ガン見」がわからなかったらしい。とにかく、おれは父の顔を一瞬で目に焼きつけた。

「でも、あれから三年以上たっているから、焼きつけたはずの父の顔が、けっこうぼやけてきてるんだ。それに、写真でしか見ていないし、声も聞いたことがない。だから、本人と対面しても、ピンとこないかもしれないんだよね。銀ちゃんたちみたいに、会ってすぐに鼻と鼻をすり合わせるってわけには、いかないだろうな。それでさあ、一番の問題は」

おれはそこで口をつぐんだ。瓜生先生はだいぶ前から泣き顔で、おれの話を聞きとれていないようだった。

一方、サトコーは、やさしい目をときどき伏せたり、くちびるをゆるめたりしながら、ずっとこっちを見ていた。

「先生、いい?」

おれが聞くと、瓜生先生は両手で顔をおおったままうなずいた。

「一番の問題は、どこで会うかなんだよね。父は仕事のために帰国するわけだから、都内で会うことになるんだけど、すぐそこのおれの部屋で会うっていうのもねえ。ひとり暮らしにはじゅうぶんだけど、男ふたりがくつろげる広さじゃないし。そうかといって、ホテルのロビーじゃ、ドラマみたいじゃん」

「それじゃあ、この教室に来てもらえばいいよ。おとうさんは日曜日に日本に着くんだから、その翌日に」

サトコーが溌剌《はつらつ》とした声で言った。

「ねえ、先生。月曜日六限のホームルームに来てもらって、海外で働く銀行員の仕事について話してもらうってことにして」

おれの同意を待たずにサトコーは話を進めた。どう見ても最高のアイディアだし、これまでにも学園のOBである元キャリア官僚や現役の医師、それに自然保護活動家といったひとたちの話を聞いてきた。

「さっきはごめん。ジョーリンの意向も聞かずに、でしゃばって」

昇降口をでたところで、サトコーがあやまってきた。いつもは野球部員が揃《そろ》えているデカいエナメルバッグだが、きょうはふつうサイズのバッグだ。

「そんなことはないよ。最初さえうまくいったら、父が日本に滞在する十日間、何度だって会えるわけでさ。祖父母も、長崎から出てくるはずだし」

そう応じながら、おれは父についてのさらなる情報を言うべきかどうか迷っていた。父にはメキシコ人のパートナーがいて、音楽プロデューサーだという。ふたりのあいだにこどもはいないが、三人の養子を迎えている。

おれがあわててスペイン語の勉強を始めたのは、父もいる場でスカイプによって話すであろうかれらのことばを少しでも理解できるようになりたいからだ。

祖父母によると、東京第一学園の中等部に合格したおれが母と別れて暮らすと聞いた父は日本に飛んでいきたくなったそうだ。

しかし、それでは、いかにもそのときを待っていたようだし、なにより漭太郎にとって、よくないのではないか。

まずは、母と離れて暮らすことのさみしさと、それと同時に得られる自由を存分に味わうといい。そして東京第一学園になじんで、友だちをつくるといい。

自分の出番は、息子がひとり暮らしにじゅうぶん慣れてからにしようと考えて、さらに三年間、待ったのだという。

ホームルームに来てもらうことの連絡は、瓜生先生が引き受けてくれた。まずは、おれが父にメールで連絡をして、瓜生先生にメールアドレスを教えていいかをたずねる。父は驚きながらも断ることはないだろう。

「なあ」

学園のなかを正門にむかって歩きながら、おれは言った。

「なんだよ」

となりを歩くサトコーがぶっきらぼうに応じた。

「オマエのうちの子猫たちはさあ、ある日とつぜん大きなオス猫があらわれて、そいつが自分たちの父親だってわかったとき、どんなに驚いて、どんなにホッとしたんだろうな」

それは身がふるえるような出来事だったにちがいない。そして、そのときには、母猫が行方知れずになってから自分たちが耐えてきた不安もよみがえり、からだのなかが波立って、わけがわからないような状態になったのではないだろうか。

そんなことを、おれは熱に浮かされたように話した。

「それをさあ、三週間後にジョーリンは味わうんだよ」

サトコーに言われて、おれは大きくうなずいた。例によって前髪が垂れたが、首は振らずに、右手でかき上げた。

「みんなの前でだけど、あわてて、ありきたりのことばにしなくていいからな。猫とちがって、人間はしゃべれるけど、猫たちを見ていると、しゃべれなくたって、自分たちに訪れている喜びやかなしみをしっかりかんじているって、わかるんだよね。あれは、大した生きものだよ」

おれはいつか、母と父と三人で会いたいと思った。まずは三週間後に父と会い、祖父母をまじえた四人でも会うわけだが、いつか父と母とおれの三人で会ってみたい。

自分に生まれたばかりの願望と、それが叶ったときの感動を想像して、おれは興奮に包まれた。猫だったら、喜びに身をまかせて、かけまわるところだ。

そのとき、サトコーが腕をすり合わせてきた。

「なんだよ」

思わず問いつめると、「猫のあいさつさ」とサトコーが応じた。

おれからも腕をすり合わせて、学ランを通して、肘と肘がぶつかった。

「そのうち、猫を見にきなよ。あれは、本当にすばらしい生きものだよ」

「うん、ありがとう」

そう答えながら、おれは自分を産み育ててくれた母に思いをはせた。

第五話　エイミー先生

エイミーは最初、なにかにつまずくか、足をすべらせたのだと思った。その拍子に、猫や犬を乗せる施術台に頭を打ち、クリニックの床に倒れたのだ。楕円《だえん》形の台で、縁も丸みを帯びているが、よほど強くぶつけたのだろう。

もしくは、貧血を起こして昏倒《こんとう》し、頭を打ったのだ。よくおぼえていないが、いま自分は床に倒れていて、頭がものすごく痛い。

この数ヵ月、眠りの浅い日が続いていた。持病の片頭痛もあり、二時間続けて眠れればマシなほうで、爽快な目覚めなどついぞ味わっていない。

でも、そんなことを言ったら、十三年前、三十一歳にして動物病院を開業してから、安心して眠れた日など一日もなかった。ただし、後悔は微塵《みじん》もない。

実家の父が、バス通り沿いの、しかもバス停近くの布団屋《ふとんや》さんが店を閉めて、土地を貸しだそうとしているとの情報を教えてくれたとき、エイミーはあの場所なら絶対にうまくいくと直感した。準備不足は否めないが、このチャンスを逃すわけにはいかない。

さっそく、父と一緒に菓子折りを持って布団屋さんに挨拶にうかがうと、ご主人は地元の方が店舗を開いてくれるなら、こちらとしてもうれしいと快諾してくださった。同じバス通り沿いにある信用金庫も、事業発展の見込みありとして、『エイミー動物の病院』に融資をしてくれた。

「いいヤゴウだと思いますよ」とも担当者は言ってくれたが、「ヤゴウ」という音と「屋号」という漢字が結びつくのには数秒かかった。

「わたしは、ここに署名した『浦野映美』という名前ですが、両親からも、友人たちからも、『エイミー』と呼ばれてきて、自分でもカタカナのほうがしっくりくるんです」

半年間に及ぶ厳しい審査を経て、ついに融資契約が成ったことに興奮して、エイミーは言わなくてもいいことを口走った。

なにはともあれ、望みうる最高の場所に、充実した設備のペットクリニックを開くことができた。そのうえ、しっかり者の女性たちがスタッフになってくれたが、常勤の獣医師は自分ひとりだ。体調を崩して、診療ができなくなったら、一巻の終わりなのだ。担保にした実家の地所も、信用金庫にとられてしまうのだ。

開業が近づいたある晩、実家の寝室で、エイミーは猛烈な不安におそわれた。からだがかくがくふるえて、冷や汗でパジャマが濡れた。

それまでの五年半はウォーターフロントにあるペットクリニックを手伝っていた。帯広畜産大学での先輩、湯出元春《ゆでもとはる》さんが開いたクリニックで、愛知県出身の湯出先輩は、医師の三男だった。八つ上の長男も、五つ上の次男も医師になっていて、当人も現役で東北大学医学部に合格したのに、途中で獣医師になりたいと言いだしたときには、病院長をつとめる父親から勘当されかけたという。

「二、三発殴られるのは覚悟していたんだけど、マジの激怒でさあ。おやじの血管がプッツンいくんじゃないかって、そっちのほうが心配になったよね」

とりなしてくれたのは、お兄さんたちだ。ストレス過多の現代社会では、ペットの需要が今後ますます高まる。評判が広まれば、遠くからでも診てもらおうとするひとたちがやってくる。医療という点では、ひとを相手にするのも、ペットを相手にするのも変わらない。いや、むしろ、ひとりですべての症状に対処する獣医師のほうが大変かもしれない。かぜ、皮膚の疾患、けが、骨折、避妊手術に去勢手術、肥満、猫も犬も腎臓病など泌尿器系の疾患が多いと聞く。がんになることもあるらしい。

「ありがたかったよね。頼んでもいないのに、おやじと話す場に同席して、おまけに助け船までだしてくれてさ。もっとも、おやじは、犬猫なんて放っておけ、ひとを診る、まともな医者がどれだけ足りないと思っているんだって、いまでも怒っているけどね。でもさあ、こっちに言わせれば、ひとはひとだけじゃあ、ひとをやっていけないよね」

そのときは、自分の信じた道を貫こうとする湯出先輩の勇気に感動したし、だからこそ微力ながら力を貸したいと思ったのだ。また、盛んに文句を言いながらも、「どうせなら、東京の一等地で勝負してみろ」と、開業資金の大半を出してくれた父親の息子を思う気持ちに胸を打たれもした。

ところが、残念なことに、湯出先輩は半端者だった。親の情けが裏目に出て、自立を阻んだのかもしれない。同じ内地でも、名古屋と東京では、なにかと勝手が違ったのかもしれない。

「飼い主の資格がないやつが多すぎるんだよ。家族が全員いそがしくて、誰も散歩につれていけないなら、そもそも犬を飼うな。猫のなかには、何年飼っても、まるでさわらせない猫だっている。そうした猫だって、飼い主のそばで毛づくろいをしたり、尻尾をゆらしたりといった、くつろいだ仕草をしているんだ。抱っこをされて、喉をぐるぐる鳴らすのだけが、猫の愛情表現じゃない。そんなことのわからない鈍い人間だから、猫になついてもらえないんじゃないか」

一見すると正論に聞こえるが、じょうずな獣医師は、飼い主とペットをともになごませるのをエイミーは知っていた。自分もそうだとは言わないし、おびえた猫に腕をひっかかれるのはしょっちゅうだ。それでも、「うちの子、わたしよりも先生になつくんで、いやになっちゃう」といったことを飼い主さんに言われたのは一度や二度ではなかった。

「ちぇっ、なんだよあのバカ犬、大声で吠《ほ》えやがって。飼い主のババアとそっくりだったじゃねえか。診療時間ギリギリに、予約も無しに駆け込んできて、しかたがないから診てやったのに、診察代が高いってごねやがって」

いくらスタッフしかいないとはいえ、そうした罵詈雑言《ばりぞうごん》を度々吐くようになった湯出先輩を、エイミーはとうに見限っていた。それでも約束の五年で辞めずに、もう半年間勤めることにしたのは、首筋にできた腫瘍を自分が執刀して摘出したゴールデンレトリバーの回復をたしかめたかったからだ。

つぎに、どこでどう働くのかは、退職してから考えよう。お金を積まれて引き抜かれたのだと、湯出先輩にあらぬ疑いをかけられたくなかったし、できればワーキングビザを取得して、海外の動物病院で、看護師や事務員としてでもいいから働きたい。そうすることで、ひととペットの関係を、新たな目で見られるようになるのではないか。

ペットクリニックは和製英語で、英語圏では、動物病院のことをvet clinicという。vetはveterinaryの略語だが、vetだけで、「動物を診療する」という意味を表す。それほど英語圏では、動物とひとのかかわりが深いのだ。

そんなつもりでいた退職の二ヵ月前に、エイミーは父から耳よりの情報を知らされたのである。中学校教諭の父が三十年来通っている床屋さんで偶然耳にした話で、布団屋さんのご主人も父の顔と名前を知っていたことが幸いした。

エイミーが生まれ育った朝霞市は、池袋《いけぶくろ》から私鉄の急行で約十五分の距離にある。ベッドタウンで、駅付近には十階を超えるマンションがいくつも建っているが、代々の住民も多く、ペットも相当数いることは以前からわかっていた。

しかしながら、動物病院の開業にはX線検査装置などの高価な機器が要る。内装にもこだわりたいとなると、最低でも三千万円から四千万円はかかる。よほど成算がなければ踏みだせない。

湯出先輩は、エイミーが本当にやめるとは思っていなかったらしい。きみがいなくなったら、難しい手術ができなくなる。給料を上げるし、住宅手当もボーナスも弾むと懇願されたが、エイミーは断った。

「言っておくが、うちのスタッフをひとりでも引き抜いたら、ただじゃおかないからな。うちの評判を落とすようなことも言いふらすなよ」

どんな条件をだしても引き留められないと知ると、湯出先輩は手のひらを返した。

いったい、どうしてここまで荒《すさ》んでしまったのか。そもそも開業医になるだけの器量も技量もなかったのだろうが、エイミーはただただ情けなかった。

ただし、湯出先輩のていたらくを間近に見てきたからこそ、このチャンスに賭けようというファイトが湧いたのも事実だった。そうでなければ、お金について臆病な自分が、何千万円という借金をしてまで動物病院を開こうと決心できなかっただろう。

そして、なけなしの勇気をふりしぼったばかりに、三つ歳上で不動産鑑定士の圭司《けいじ》さんとも別れることになってしまったのだ。

そこまでを思い返したところで、エイミーはようやくおかしいと思った。クリニックのなかで倒れたのだから、看護師の美樹《みき》ちゃんか、事務員の友江《ともえ》ちゃんが、「だいじょうぶですか」と駆け寄ってくるはずだ。それとも、ドクターが倒れたことで、二人ともうろたえてしまったのだろうか。

たしか吉田《よしだ》さんのクッキーを診察し終えて、お昼休みにしたのだ。ベルゼダックスと呼ばれる毛の長いダックスフントのオスは、飼い主である明るく元気なアラフィフの女性とともに、近所の人気者だ。開業当初から診ていて、この数年、加齢からくるさまざまな症状が出ていた。それでも、よく散歩もしているようだし、先日の点滴が効いたようで、きょうは平熱に戻っていた。

「十二時をだいぶ回っちゃったから、手術は二時開始にしましょう」

おしゃべりが玉に瑕《きず》の吉田さんを見送り、美樹ちゃんたちに午後の予定を告げたところで、エイミーの記憶は途絶えていた。いつもなら一緒に階段をあがって、お昼にしていたはずだ。

クリニックの二階が休憩室になっていて、共用の冷蔵庫や電子レンジがある。シンクとIHのコンロもある。仮眠用のソファーベッドも置かれていて、経過観察が必要な猫や犬をあずかるとき、エイミーはクリニックの二階に泊まった。実家とは二キロメートルほど離れていて、近くには弟一家も居を構えている。

きょうの手術は、一歳になる黒いメス猫の避妊手術だ。問題がなければ、三十分もからない。オス猫の去勢は、もっと早い。そうした手術は、午後一時から三時までの休診時間にしていた。

そして三時から六時までが午後の診療だ。毎週水曜日と祝祭日が休診で、土日も診療をする。そうすれば、単身者や夫婦共働きでペットを飼っているひとたちにも来てもらえるからだ。

もくろみは当たり、開業初日から、ペットをつれて来院するひとは絶えなかった。ローンの返済も予定より早いペースで進んでいて、先が見えてきた。

そこで二年前からは、来院の多い土日に応援の獣医師を頼んでいた。大野幸枝《おおのゆきえ》さん、通称ユキちゃんは、湯出先輩やエイミーと同じく、帯広畜産大学を卒業している。在学中からおもしろいブログを書いていて、エイミーがコメントを送り、つながりが生まれた。

エイミーより十歳下のユキちゃんは、自称「渡りの女獣医師」として、東北や北関東で牛馬の種付けやお産にかかわってきた。しかし畜産業が先細りで、年々仕事が減っている。それならと、『エイミー動物の病院』を手伝ってもらうことにしたのだ。いまのところは土日だけだが、さらにいそがしくなるようなら、平日にも来てもらうかもしれない。

湯出先輩とちがい、ユキちゃんは強者《つわもの》だ。朗らかで、肝が据わっている。うかうかしていたら、軒を貸して母屋を取られかねない。つまり、いつまでもこうして床に倒れたまま、もの思いにふけってはいられない。

（ねえ、美樹ちゃんに友江ちゃん。わたしが倒れてから十五分はたっているわよね。救急車は呼んでくれたんでしょうね？　いったいぜんたい、どうなっているのよ）

頭のなかで、エイミーはいつにない不満を訴えた。声をだしたいのだが、口は動かない。目も開けられない。そもそも光を感じないし、音も聞こえない。さっきまであった床の感触もなくなっている。そのかわりにと言うべきなのか、頭の痛みは消えている。あるのは意識だけで、あらゆる感覚が失われている。

（わたしは昏睡状態になったんだ）

ハッと思いつき、エイミーはかなしみのどん底に突き落とされた。手足を動かせるなら、地団駄を踏んで悔しがるところだ。

ところが、気がつけば、かなしみは去っていた。それが昏睡時の特徴なのか、思考は継続できても、感情は持続できないらしい。生還できたら、その分野の専門医に、貴重な症例として教えてあげたい。

（わたしが昏睡状態におちいった原因はわからない。ただ、四年前に亡くなったおかあさんは、わたしと同じ頭痛持ちで、くも膜下出血を起こした。わたしもなんらかの脳出血を起こした可能性が高いけれど、どの部位で、どのくらい出血したのかは知りようがない。それでも意識はあって、こうして考えることはできる。おそらく、わたしはすでに救急車で最寄りの医療機関に運ばれていて、集中治療室のベッドに横たわり、脳波や心拍数を図る装置の端末が、からだのあちこちに付けられているのだ）

エイミーは冷静に事態を把握した。そして、獣医師として再起できないのなら、あまり長くこの状態で生きていたくないと思った。

（四十四歳と二ヵ月。長いとは言えないけれど、短すぎるとも言えない一生だった。おかあさんに続いて、娘にも先立たれるおとうさんは、本当にかわいそうだ。でも、弟の俊彦《としひこ》と陽子《ようこ》ちゃんは、とても夫婦仲がいいし、こどもが三人もいる。わたしの生命保険で、動物病院のローンは払い切れるはずだから、あまったら、おとうさんと俊彦で分けてほしい。そして、あの動物病院は、できればユキちゃんに受け継いでもらいたい。じつは去年遺言書をつくり、税理士さんに託してある。わたしに万が一のことがあったときは、後継者に建物も器財も無償で譲るので、地域のペット医療のために尽力してもらいたいという内容で、ユキちゃんをイメージして作成した。でも、まさか、こんなにすぐ役立つとは夢にも思わなかった。苦しいことのほうが多かったけれど、自分の通称を冠した動物病院を、生まれ育った街に開いて、本当によかった。十三年間、たくさんの

猫や犬を治療して、飼い主さんたちとも仲良くなれた。もしも生まれ変われるなら）

そこでエイミーは猫と犬、どちらになりたいかと考えた。答えは決まっている。絶対に猫だ。一日でもいいから猫になって、自由気ままに生きてみたい。できれば、かしこい三毛猫になって、子猫をたくさん産み、その子たちにたくましく生きるすべを教えたい。

『猫語の教科書』という名著がある。ニューヨーク生まれの作家ポール・ギャリコは無類の猫好きとして知られていて、ある猫が猫たちのための教科書をタイプライターで打ったという体裁で綴《つづ》った本だ。猫は、ひとの世話にならざるをえないが、いかにして居心地のいい家に入り込み、ひとを巧みに手なずけるのかを、猫の視点からくわしく解説している。

ポール・ギャリコには、『ジェニィ』という猫を主人公にしたファンタジー小説もある。こちらでは、ピーターという八歳の少年が、交通事故にあった拍子に猫になってしまう。ジェニィは、ピーターを導く、年上のやさしいメス猫だ。一九五〇年に刊行された作品で、『猫語の教科書』の「私」と同じく、猫たちは人間と同等か、それ以上の知性を有している。

ギャリコによるもう一作の猫ファンタジー『トマシーナ』とあわせて、文字どおり本が擦り切れるまで読んできた。自分を「エイミー」と称しているのも、ピーターやジェニィ、それにトマシーナの仲間のつもりでいるからだ。

もちろん、猫に生まれ変われないのはわかっている。だいいち、本当に猫になってしまったら、ひとと同じように思考することはできない。『ジェニィ』も、『トマシーナ』も、作家の想像力が生みだした架空の物語＝ファンタジーだ。

もっとも、じっさいの猫もじつにかしこい。私見では、サルよりも、ひとと多彩な意思疎通ができるのではないだろうか。馬も、ひとの意思をかなり理解するが、かかわりが騎乗に限られているのがものたりない。犬はひたすら従順で、自由意志に欠けるのが、残念でならない。大学では、牛や馬といった大型の家畜について学ぶことが多かった。北極や南極で橇《そり》を引く屈強な犬の世話もしたが、エイミーはあらためて猫好きを確認した。

それほど好きなのに、じつはこれまで一度も猫を飼ったことがない。ある一匹の猫を好きになりたいのではなくて、猫という種族が好きなのだ。

猫との最初のかかわりは、小学五年生の秋だった。運動会がおこなわれた体育の日から数日後の帰り道、いつものように友だちと別れて、あぜ道をひとりで歩いていると、エイミーは昼寝をしている猫を見つけた。茶色の猫が、積まれた籾《もみ》のなかで丸まっている。エイミーはランドセルをあぜ道に置き、稲の切り株が並ぶ田んぼにそっとおりた。

（抜き足、差し足、忍び足）

頭のなかで唱えながら、少しずつ近づいていく。全身が茶色の猫は頭を前足にのせて、尻尾の先が顔にかかっている。

（わたしも、あんなふうに、ぐっすり寝たい）

猫を起こさないように、エイミーは今度も頭のなかで言った。
一、二年生のときは早く帰れる日もあったのに、三年生になったら、平日の授業は毎日五、六時間目まである。勉強が難しくて頭が疲れるし、鉛筆でノートに漢字や数字をたくさん書くので、手や指も疲れてしまう。おまけに宿題まであるから、家に帰ったあともゆっくりできないのが、エイミーは不満だった。
（いいなあ、猫は）

また頭のなかで言ったのに、茶色の猫がぶるるっと身を震わせた。薄目を開けて、エイミーに気づいても、逃げようとしない。黄色い首輪をしているから、近くの家の飼い猫なのだろう。

「あんたのことも、猫だと思ったんじゃない。気まぐれなところがあるから」

家に帰って母に話すと、そうからかわれた。エイミーはムッとして、猫のそばにしばらくいたことは話さなかった。茶色だから、チャーリーと名付けたことも教えなかった。

「猫って、かつお節や煮干しが好きなんだよね」

エイミーが聞くと、「エサをあげれば、すぐになつくでしょうよ。でも、ずっとせがまれる。それに一匹じゃすまないだろうし」とツッケンドンに応じた母はため息までついた。

ところが、その後のチャーリーとの交友は楽しくも淡いものだった。そもそも、チャーリーを再び見つけるまでに五日もかかったし、前のときとちがって、すぐに逃げてしまった。ポケットに入れていた煮干しを取りだす間もなくて、エイミーはがっかりした。

それでもあきらめず、目配りをしながら通学路を歩いていると、チャーリーを見かける回数が増えてきた。チャーリーのほうでも、エイミーを意識しているとわかったときは、とてもうれしかった。

「チャーリー、チャーリー。ほらほら、ここに、あなたが大好きな食べ物があるのよ」

エイミーが投げ与えた煮干しをチャーリーが食べるようになったのは、十一月のなかばだった。ただし、エイミーが十分遠ざかってから、ようやく口にくわえる。

それが二学期の終わりには、エイミーがそばで見ていても、チャーリーは煮干しをバリバリ食べた。三学期になると、エイミーの足にからだをすりつけて、煮干しをねだるようになった。

そんなある日、チャーリーが右手の指先をぺろぺろ舐めてきた。エイミーはびっくりしたが、手は引っ込めなかった。そして利き手ではない左手で、チャーリーの背中を撫《な》ぜた。毛がふさふさしていて温かいが、チャーリーのからだはこわばっていた。

（すごく緊張してる。それなのに、仲良くしてくれるんだ）

チャーリーの勇気に、エイミーは胸が熱くなった。

女子の友だちは多いけれど、親友というほどの仲良しはいない。おかあさんとの関係も、なんだかビミョーだ。おとうさんはとてもやさしいけれど、頼りがいはない。俊彦は生意気で、クラスの男子も俊彦とどっこいどっこいだ。そうした付き合いに疲れていたエイミーにとって、チャーリーが示してくれた好意は心にしみた。

さらにうれしかったのは、チャーリーがそれ以上なれなれしくしてこなかったことだ。エイミーも抱っこをしようとしたりせず、中腰になって右手を差しだし、チャーリーが指先を舐めているあいだに、左手で背中を撫ぜる。

「よしよし。いい子だねえ」

三度撫ぜて、煮干しを一尾あげる。チャーリーはおいしそうに食べて、スタスタと去ってゆく。尻尾の下に、毛におおわれた丸いものが二つあるところからすると、どうやらオスらしい。

一匹か二匹の猫を溺愛するよりも、猫という種族と長きに亘《わた》ってかかわりたい。そう考えて、エイミーは中学生になったときに、獣医師になろうと決意した。

家の経済状態からして、国公立大学でなければ進学できないが、通える範囲の獣医学部はどこも偏差値が高すぎる。そこで帯広畜産大学に狙いを定めた。北の大地にも猫はいるはずで、自分で飼っていなくてもふれあえるのが、猫のいいところだ。

湯出先輩とは「猫研」なるサークルで知り合った。キャンパスの外れに建つ古い丸太小屋が部室で、十数匹の猫が居ついている。部員以外も自由に利用できて、学生はもちろん、教官や事務職員や生協の職員も憩いに訪れる。ドアに錠はなく、靴のまま入る小屋には、レンガ造りの暖炉があり、煙突からは夏でも煙が流れていた。

猫のエサは部員たちが作った。代々伝わる製法で、生協食堂からもらう魚の切れ端や骨を暖炉の熱でカリカリに乾燥させる。それを石臼と杵《きね》で粉々に砕き、脱脂粉乳を加えて練り、薄く延ばして鉄板で焼く。冷まして、適当な大きさに割ればできあがり。栄養満点で、適度な硬さもあり、猫たちはあらそって食べた。暖炉にくべる薪《まき》は、伐採の許可を得ている森林で雑木を伐《き》り、鉈《なた》で割った。

「猫研」という能天気な名前に反して、サバイバルな活動が多いところも、エイミーは気に入っていた。そのころは湯出先輩も一本筋が通っていて、「ゆでめんさん」と後輩たちにあだ名されながらも、部室でだらしなく酔っぱらった教官を叱りとばしたことがある。

こちらが一年目のとき、湯出先輩は三年目だった。東北大学医学部に二年間通ってからの入学なので、年齢は五つも離れていたが、対等に接してくれるのがうれしかった。

ともに本州の出身で、卒業後は本州に戻るつもりでいるところも同じだったので、湯出先輩が卒業したあとも連絡を取り合ってきたのだ。

不動産鑑定士の松田圭司《まつだけいじ》さんとは二年半ほど交際した。ただし圭司さんはひと月おきに故郷の長崎で仕事をしていたので、実質的には一年ちょっとの交際だった。それでも東京にいるとき、圭司さんはほぼ毎日エイミーのアパートに泊まった。

三つ歳上の圭司さんがエイミーを気に入って、エイミーも圭司さんが気に入るようにふるまうのがいやではなかった。

「きみと一緒に生きていきたいと思っている」とも言われたのに、エイミーが動物病院の開業に突き進んでいるうちに、圭司さんは去ってしまった。ただ、そうなる予感がまるでなかったわけではない。

風の便りでは、故郷の長崎で、賃貸マンションの経営にたずさわっている。飼い猫の同居が入居の条件で、めずらしい試みだと、海外にまで評判が広がり、ほかにもさまざまな事業を展開しているらしい。

獣医師の自分とかかわるなかでヒントを得たのなら、うれしいかぎりだ。交際しているあいだに思いついて、一緒に取り組めていたらもっとよかったけれど、いまさらそれを言っても仕方がない。

（男のひとのことは、もういいの。これがわたしの運命で、男のひとを、身も心も捧げたいほど好きになることはなかった。そのかわり、『エイミー動物の病院』を開業することができて、以来十三年間、たゆまずペットの治療をしてきた。誤診や手術の失敗は一度もしたことがないと、自信を持って言いきれる。四十四歳と二ヵ月で昏睡状態におちいってしまったのはとても残念だけれど、わたしはよくがんばったのよ）

頭のなかで言い聞かせると、エイミーは気持ちが楽になった。

（さっきの問いに戻りましょう。もしも生まれ変われるなら、わたしは猫になりたい。優美で、気ままなあの生きものが、この世界をどんなふうにかんじているのかが知りたい。ポール・ギャリコの猫ファンタジーはどれも素晴らしいけれど、擬人化されていない、本当の猫の感覚を、この身でかんじたい）

エイミーは目の前が晴れた気がした。依然として目は開かず、光も感じられないが、とてもすっきりした。はからずも昏睡状態におちいったことで、世の中を渡ってゆくための諸々《もろもろ》の負担から解放されて、自分の願いを素直に表明できたのだ。

意識が途切れて、また覚醒した。

（いよいよ、この世とサヨナラするときが来たんだわ。あの世はあるのかしら。あるのなら、きっとおかあさんに叱られる。こっちに来るのは、まだ早いって。早すぎるって）

今度は意識が不確かになった。車に酔いながら、うとうとしている感じだ。

それにしても、猫はどうしてあんなに素早く、身軽なのだろう。走るのも速いし、垂直に一メートルくらいの跳躍もする。幅の狭い塀のうえもスタスタ歩いて、ひょいと飛びおりる。ヒョウやチーターも猫科だから当然といえば当然だけれど、室内で暮らしている猫でも運動能力が低下しないのは、本当にすごい。

（そうだわ。このさいだから、あの世まで走っていこう。猫みたいに、軽やかに。想像してみるの。感覚はないけれど、からだを撓《たわ》めて、四本の脚で地面を蹴って進むのよ）

エイミーは目線をぐっと低い位置に設定した。人間の膝よりもさらに低く、地面から二十センチくらいに。

すると、そのくらいの高さから見た世界が脳裏に映った。生死のはざまで、自分が望む夢を見ることに成功したらしい。しかも一歩一歩前進している。ただし、なんだか世界がぼやけている。ピントの合っていないバーチャルリアリティーの映像を見させられているかんじだ。しかも自分の意思とは無関係に視線が上下左右に動くので、酔いがさらにひどくなる。

（あの世に行くのに、これはないわよ。視力０・７くらいのかんじかしら）

エイミーは一度もメガネをかけたことはないが、受験勉強をがんばりすぎたせいで、両目とも０・７まで視力が落ちた。手元や黒板は見えるが、遠くがぼやける。

ところが帯広で暮らしだすと、視力はみるみる回復した。はるかに広がる十勝《とかち》平野と、天高くそびえるポプラの木、それに夜空に光る無数の星を眺めるのが目によかったのだろう。

このぼんやり具合は、帯広に行く前の、一番視力が落ちていたころに似ている。視力が良いひとのほうが早く老眼になるというが、老眼なら近くのものが見えづらくなるはずだ。せっかく猫の目線になったのに、世界がぼやけているのではつまらない。

つぎの瞬間、エイミーはかつてない興奮に包まれた。そう意識したときにはすでに駆けだしていて、耳も聞こえれば、足が土を踏む感触もある。四本の脚が活発に動き、地面を蹴って、すばらしい速さで進んでゆく。広い庭なのか、公園なのか、萌《も》え出た下草のあいだに、土が露出した小道があり、そこを勢いよく駆けてゆく。

（本当に猫になったみたい）

そう思ったエイミーの視界には、交互に繰り出される猫の前足が映っていた。右は黒くて、足先だけが白い。左は足先までまっ白だ。

（白と黒、ツートンカラーのブチ猫になったのかしら）

三毛猫になりたかったエイミーは、少し残念だった。猫のなかでは、三毛猫が最もかしこいとされている。学説ではなく、俗説だが、獣医師としての経験からしても、三毛猫は好奇心が旺盛で、それでいて気持ちがおちついているというのは本当だ。診察のさい、三毛猫にあばれられたことは一度もない。でも、まだ全身は見ていないのだから、三毛猫の可能性がないわけではない。

それよりも問題なのは、この猫がなにに対して興奮しているのかだ。視覚や聴覚は共有しているが、からだは猫の意思によって動いている。猫に生まれ変わったのではなくて、生きている猫のなかに入り込んだかんじだ。エイミーにわかるのは、この猫が興奮していることまでで、なにに刺激されて駆けだしたのかはわからなかった。

（まさか、ネズミを捕ろうとしてるんじゃないでしょうね。それはいやよ）

エイミーは頭のなかで訴えたが、猫はこちらの気持ちはおかまいなしに、小道をさらに進んでいく。

（あっ）

少しぼやけているが、小道の先に見覚えのあるバラック小屋が見えて、エイミーは自分がどこにいるのかがわかった。

（ガラス作家の、ミカズさんの家だ）

そう気づくのと同時に、この庭で飼われている四匹の猫たちの姿が浮かんだ。

（あれは三年前の夏だった。春に床下で生まれたという子猫たちを見に、この庭に来たのだ。そして、秋口に、ミカズさんが順にクリニックに子猫をつれてみえて、四匹とも、わたしが避妊・去勢手術をした。メスが三匹に、オスが一匹のきょうだいで、名前は銀

ちゃん、まぜこぜちゃん、こきんちゃん、たぬきさん)

四匹の名前をすらすら思いだして、エイミーは得意だった。

(だって、ほかに聞いたことがないもの。シャム猫やペルシャ猫に『銀ちゃん』って付けるひとはたまにいるけれど、ミカズさんの銀ちゃんはシャム系の雑種で、白い毛並みに黒や茶がほんの少し混ざった、青い目のメス猫。その青も、淡く澄んだマリンブルーで、『こんなにきれいな青色をガラスでだせたら、ぼくは大金持ちですよ』なんて、ふざけて言って)

そのときのミカズさんの朗らかな顔と明るい声がよみがえる。

(三毛猫に『まぜこぜちゃん』って名付けたのは、お茶目。白茶黒の三色が入り組んで、まさに『まぜこぜ』になっているんだもの。三毛猫の模様を『まだら』と表現している図鑑もあるけれど、『まぜこぜ』のほうが、断然カワイイ。でも、言いづらいみたいで、ミカズさんは『まぜちゃん』と縮めて呼んでいた。『こきんちゃん』と『たぬきさん』も元気かしら。こんなに広くて、木が多い庭で育ったら、みんな、うんと活発で、かしこい猫になっているはずだわ)

ミカズさんと四匹の猫たちのことを楽しく思いだす一方、エイミーは不安におそわれていた。この猫はもうすぐ、銀ちゃんをはじめとする四匹の猫たちに、侵入者として追われるのではないだろうか。テリトリーを守るのは猫の本能だから、仕方のないことではあるけれど、それはいかにもかなしかった。

ふしぎなのは、この猫がちっともおびえていないことだ。もしかして、ミカズさんは、のら猫にもエサをあげていて、この猫も銀ちゃんたちと友だちなのだろうか。そうだとしたら、とてもうれしい。

やがて猫はバラック小屋まで三メートルほどのところで止まった。

お尻を地面につけて、そろえた前脚をすらりと伸ばし、上体を立てる。犬でいうところの「お座り」のポーズだ。くるりと回した尻尾の先を両足にかけたらできあがり。

その尻尾が、白茶黒の三色に彩られているのを見て、エイミーは歓喜した。

(やった。わたし、三毛猫になれたんだわ)

つぎの瞬間、猫の興奮がさらに増した。

(いったい、なにが起きるの?)

前面が開け放たれたバラック小屋から、ミカズさんがあらわれた。たくましい風貌はあいかわらずで、猫の視線で見上げたその姿は、まさに巨人だ。雪駄《せった》にジーンズ、まくったラガーシャツの袖から太い腕がのぞいている。

三毛猫は期待に胸をふくらませながらも、お行儀よくすわり続けている。

「よお、まぜちゃん。おれが出てくるのが、よくわかるよなあ」

(わたし、まぜちゃんに入ったんだ)

さっきからの心配が消えて、エイミーはホッとした。すると、まぜちゃんが仰向けに寝転がった。そばに屈んだミカズさんの右手が、まぜちゃんの喉やお腹をさする。

（うわあ！）

まぜちゃんの快感がエイミーを巻き込んだ。ものすごい喜びで意識が遠のく。まぜちゃんとともに、エイミーは四肢と尻尾を振り回した。

首をもたげて、ミカズさんの指に噛みつく。歯をむき出し、左手の人差し指をぐいぐい噛む。ところが、太い指は皮も厚くて、まぜちゃんがいくら強く噛んでもミカズさんは手を引かない。そして右手の指を立てて、喉からお腹まで、毛をかきむしるようにさすってくる。まぜちゃんは激しく喉を鳴らし、エイミーも喘《あえ》いだ。

圭司さんとの性交でも、エイミーはいつも声を抑えきれなかった。ただし、それはエイミーが少し無理をして、からだを相手にまかせていたからだ。

（このひとのことは嫌いではない。近しくなった男のひとのなかでは、一番好きだと言ってもいい。でも、ついてきてくれと言われても、わたしは多分ついていかない。自分のどこをどう変えれば、男のひとについていけるようになるのか、わたしにはわからない。このひとも、そのことにうすうす気づいている。だから、いつも、こんなに激しくしてくるのだ）

圭司さんと性交をしたあと、エイミーはかえって目が冴えた。そして、そのことを気づかれないように、布団のなかで脱力したふりをしていた。圭司さんは畳にあぐらをかいてタバコを吸い、そのままぼんやりしていることもあれば、布団にもぐりこんでくることもあった。

いま、まぜちゃんは、ミカズさんにすべてをゆだねている。わが身にわきおこる快感に夢中になっている。

エイミーも猫や犬を診療するときは夢中になった。集中力が高まり、この世界に自分とその猫しかいないような感覚のなかで診察し、治療を施す。とても疲れるが、そうする以外のやり方をエイミーは知らなかった。

しかし、ひととのかかわりに、そこまで夢中になったことはない。少なくとも、物心ついてからは、一度も経験していない。

気がつくと、となりで銀ちゃんもお腹をむけている。ミカズさんは思いきり戸惑いながら二匹のメス猫の相手をつとめている。

やがて快感が遠のき、まぜちゃんが起きあがった。そして、ミカズさんにお尻をむけて、立てた尻尾をゆらし、艶然と去ってゆく。チャーリーのスタスタとした歩き方とは、まるでちがう。

（メスの猫って、こんなにも自信満々なんだ。映画のなかのマリリン・モンローみたい）

まぜちゃんの気位の高さと堂々たるふるまいに、エイミーはほれぼれした。歩いていった先には陽だまりがあり、まぜちゃんは眠気におそわれた。

(すごい、歩きながら、もう寝てる)

こきんちゃんがすり寄ってきて、二匹は鼻と鼻を合わせた。眠気でいっぱいのまぜちゃんの頭に、オスのきょうだい猫への信頼が加わる。

そこに銀ちゃんもやってきた。銀ちゃんは、なんでもまぜちゃんのマネをするみたいだ。メスどうしだから、まぜちゃんがお姉さんで、銀ちゃんが妹というかんじ。たぬきさんは別行動が好きらしい。

日の当たる草のうえで三匹がくっついて丸まると、エイミーの意識も遠のいていった。

(あ〜あ、よ〜く寝た)

まぜちゃんの口の動きに合わせて、エイミーも大きなあくびをした。頭を低くして、両脚を前に突っ張り、お尻を高く上げる。

猫に特有のポーズで、まぜちゃんに重なったエイミーはその気持ちよさに感激した。人間よりもずっと数が多い背骨が縦に波打ち、筋肉がしなやかに伸び縮みする。

続いては毛づくろいだ。後脚を広げて、内腿を舐めるのは、ひとの女性としては少々恥ずかしいが、まぜちゃんがスッキリしていくのがわかる。こきんちゃんと銀ちゃんも、それぞれ毛づくろいをしている。

肉球を舐めて毛づくろいを終えたとき、たぬきさんが鼻先を通り過ぎた。たぬきさんはそのまま頭と太めの胴体を垣根の隙間に潜り込ませると、こちらに残したふさふさの尻尾を左右に振った。

それを見て、まぜちゃんが跳びかかる。小刻みに動くものに反応するのは、猫の習性だ。エイミーにすれば右手、まぜちゃんにすれば右の前足で、たぬきさんの尻尾をつかもうとする。

しかし、たぬきさんは尻尾をつかませない。ひょいひょいひょいと尻尾を振って、まぜちゃんをもてあそぶ。銀ちゃんも加わり、二匹の猫が、垣根から突きだされた尻尾に夢中でじゃれる。

そのとき、こきんちゃんがまぜちゃんに跳びかかってきた。

「ふぎゃあ〜」「ふぎゃ〜」

唸《うな》り声を立てて、二匹の猫が絡まり合う。左右の前脚を振り回し、上になったり、下になったりと激しく戦う。

これもまた猫の習性だけれど、ケガをしそうで、見ているほうはあせる。じっさい、まぜちゃんはかなり本気で、跳びかかってきたこきんちゃんのほうが手加減をしているかんじだ。

エイミーの見立ては当たっていて、こきんちゃんは唯一のオス猫として、三匹のメス猫たちをあらゆる場面で守っていた。そして、こきんちゃんを含む四匹の猫たちを、ミカズさんがしっかり守っていた。

まぜちゃんは足音や匂いでミカズさんの気配を感じると、手近な木に爪をガリガリと立てて、いそいで眠気をさまそうとする。まっさきに駆けつけるのだという、いじらしい気持ちが、エイミーにも移った。

ミカズさんもそれをわかっていて、まぜちゃんのお腹をさすったり、肩に乗せたりと、メス猫の要求に律儀に応える。銀ちゃんと、こきんちゃんは、そのようすを見るともなく見ていて、まぜちゃんがミカズさんから離れたあとに、雪駄履きの足にすり寄り、エサをねだったり、自分も抱っこをしてもらったりする。

ところが、たぬきさんだけは、ミカズさんに対しても一定の警戒心を働かせている。エサも、ミカズさんがいなくなってから、一匹だけで食べることが多い。そこでミカズさんは、たぬきさんと根競《こんくら》べをして、エサを入れたお皿のそばから離れなかったりする。じつに猫との付き合いがいいのだが、ガラスを吹くとき、ミカズさんは猫たちをかまわない。

やがて日が傾き、こきんちゃんをリーダーに、まぜちゃんと銀ちゃんの三匹で庭の周囲を見て回った。たぬきさんはまたしても別行動らしく、姿が見えない。

テリトリーの安全を確認し終えると、こきんちゃんはそれを誇示するかのように、門にかぶる五葉松に駆け登った。高さが四メートルはあるが、慣れているらしく、いっきに木のてっぺんまで駆け登る。

まぜちゃんと銀ちゃんも、代わる代わる五葉松に駆け登った。いつの間にか、たぬきさんも来ているが、太めのからだが心配なのか、五葉松には駆け登らない。

続いて、枯山水の前庭で鬼ごっこをする。三匹の猫がそれぞれ庭石に陣取り、一匹が白砂をうろうろ歩きながら、ふいに一匹に跳びかかる。そして庭石から追い落とされた猫が今度は鬼役になるのだから、まさに高鬼だ。この遊びには、たぬきさんもシレっと加わっているのがおかしい。

日が暮れてからは、月明かりの下で、またじゃれ合う。ミカズさんが奥さんとともに出てくると、まぜちゃんは奥さんからミカズさんを奪い取ろうとするかのようにすり寄った。そして、またしてもお腹をさすらせたので、エイミーはいかにもバツが悪かった。

そのあとも広い庭のあちこちでたっぷり遊び、月が傾いたころ、ようやく眠気におそわれた四匹の猫たちはそろってあくびをした。

工房であるバラック小屋はシャッターがおろされていた。ただし、その脇に猫用の小さな戸があって、頭で押せばなかに入れる。

まぜちゃん、銀ちゃん、こきんちゃん、たぬきさんの順に戸をくぐり、隅に置かれている木箱で、みんなでからだを寄せ合って眠った。

(わたしの意識は、まぜちゃんのなかに、いつまで入っているのかしら。猫に同化しているのはとても楽しいけれど、昏睡状態におちいっているわたしの世話をするおとうさんや俊彦は、大変な苦労をしているにちがいない。でも、いまのところ、この状態を自分から終わらせる方法がわからない)

父と弟への申しわけなさをかんじながらも、エイミーはまぜちゃんとともに刺激にあふれる日々をおくった。樹々に囲まれた庭がいくども朝日に照らされて、いくども夕闇に包まれた。ミカズさんが作った透明なガラスの小鉢で水を飲み、エサをたっぷり食べた。

エイミーは曜日や月日を忘れてしまった。気候からして、いまが春と夏のあいだであることはわかるが、きょうが何月何日かというと、さっぱりわからない。

クリニックで倒れたのが、どのくらい前だったかも忘れてしまった。しかも、そのことを本当には困っていない自分がいる。

エイミーは視力がぼやけていることにも慣れていた。あのときは、まだ事情がわかっていなかったが、猫の視力はまさに0・7くらいだと言われているのだ。

猫の目にはもうひとつ特徴があって、赤青緑の色の三原色のうち、赤系統の色が判別できないとされている。それが事実だとわかったときは、学説の正しさが証明されてうれしいのと同時に、かなり残念だった。大好きな夕焼けの色が見えないし、ミカズさんの作業場に入り込んでも、コークスの炎や溶けたガラスの赤色が、その色として見えないのだ。

しかし、それはそれとして、エイミーはまぜちゃんとともに日がな眠り、木に駆け登り、庭を走りまわった。

唯一の苦手は、猫たちがカナヘビやヤモリをなぶることだ。あきらかに遊んでいて、自分たちより俊敏さで劣る生きものを取り囲み、前足で相手の四肢を踏みつけてもぎとり、死なせてしまう。エイミーは、ただただやりきれなかった。

帯広畜産大学では、豚、牛、馬、羊、鶏、鴨《かも》、アヒルといった家畜・家禽《かきん》を解体して食肉にする実習もしっかり受けた。全国各地にある屠畜場《とちくじょう》の検査員は、獣医師たちにとって大事な就職先だ。

だから、生きものの命を奪うことを、一概に残酷だと言うつもりはない。ただし、殺《あや》めるなら、その肉を食べてほしい。食物連鎖の一環としてだからこそ、ほかの生きものを犠牲にすることが許されるのではないか。

それなのに、猫たちはカナヘビやヤモリをけっして食べない。さらに宙を舞うつがいのモンシロ蝶《ちょう》やアゲハ蝶を二匹とも無残に叩き落す。

（ねえ、まぜちゃん。カナヘビや蝶はまだしも、ネズミだけは絶対にやめてね。ネズミが嫌いなわけじゃなくて、わたしは猫がネズミをくわえている姿がダメなのよ。まぜちゃんがネズミを捕まえようとしたら、わたしはなんとしても、あなたから出るから。そのせいで、わたしの意識が消滅してもかまわない。猫という種族は大好きだけれど、わたしがあなたに重なったこの状態でネズミを捕るのだけは堪忍してちょうだい）

エイミーの祈りが通じたのか、それともこの家にはそもそもネズミがいないのか、ひとが古来より猫に期待してきた一番の役目を、四匹の猫たちが果たすことはなかった。

猫の祖先は、アフリカのリビア山猫だという。ネズミを捕食する習性があり、それを知った者たちが、収穫した穀物を守るために山猫を集落に住みつかせるようになった。

古代エジプトでは、猫を神として崇《あが》めたとされている。気位が高く、容易にひとになつかない猫の性質が神に比されたのだろう。

しかし、それは王族のあいだでの話であって、古代エジプトの民は、猫をあくまでネズミの捕食者として扱っていたにちがいない。

大航海の時代になると、猫は船内の食料を守る役割を帯びて帆船に乗せられた。ひとにとって、長い間、猫はネズミを捕る生きものであり、そのイメージは『トムとジェリー』のアニメーションとして、現代にも受け継がれている。

かつて大学の講義で教わった内容を思い返していると、ベンチで丸まっていたまぜちゃんが、ふいに地面に飛びおりた。

まぜちゃんの心中を獰猛《どうもう》な感情がかけめぐる。ついにネズミを見つけてしまったのかとエイミーは覚悟したが、まぜちゃんはベンチのそばから動かない。

ガサガサっと音がして、素早く反応したまぜちゃんの興奮がマックスに跳ねあがった。

(うわっ)

エイミーが叫んだのは、こきんちゃんが小鳥をくわえていたからだ。小鳥はすでに息絶えていて、しかも胴体を半分ほど食べられている。茶と黒の羽、それに大きさからすると、こどものスズメらしい。

こきんちゃんは完全に勝ち誇っていた。毎夕、テリトリーを巡回してから五葉松に駆け登るときも王者の風格をみなぎらせているが、いまは目の色が違う。近寄るのがこわいほどだ。

これが野生なのだと思い、エイミーは身がすくんだ。一方、まぜちゃんは、口のまわりを血肉で染めたオス猫の姿に、獰猛さをさらにかき立てられている。

こきんちゃんは獲物を地面に置くと、小スズメの頭を噛み砕いた。そこに銀ちゃんもあらわれて、一緒にスズメを食べている。おそらく巣立ちまぎわの小スズメを襲ったのだろう。つまり、この庭のどこかにスズメの巣があるのだ。

そのとき、まぜちゃんが身を低くして歩きだした。

（あなたも、やる気なのね）

エイミーは自分が狩人《かりゅうど》になったスリルをかんじた。しかし、すぐに思い直した。

（まぜちゃん、まぜこぜちゃん。こきんちゃんやあなたが狩りをするのは当たり前でも、ひとであるわたしは、そこまで付き合えないの。豚や牛や鶏の肉をさんざん食べてきたくせに、こんなことを言うのは偽善でしかないけれど、あなたと一緒にスズメの巣を襲ってヒナを食べるのは、わたしには無理なのよ。きっと親スズメたちは、ようやく大きくなったヒナが一羽いなくなって悲しんでいるわ。その巣から、もう一羽ヒナを獲られたら、親スズメたちがあんまりかわいそう。もちろん、あなたに食べられる幼いスズメもかわいそう。あなたは、ミカズさんから毎日おいしいエサをもらっているじゃない。きれいなガラスの小鉢でお水を飲んでいるじゃない）

エイミーの訴えをよそに、まぜちゃんは足音を立てずに進んでゆく。エイミーにはかんじられないが、こきんちゃんの匂いを辿《たど》っているのだろう。

この先には、板づくりの古い物置小屋があったはずだ。スズメは樹木の枝にではなく、カラスや猫により襲われづらい建物の隙間に巣を作ると教えてくれたのは、湯出先輩だった。

ウォーターフロントのペットクリニックはどうなったのだろう。これまでも、インターネットで調べてみようと思ったことは何度もあった。でも、散々にちがいないと思うと、とても検索する気になれなかった。

エイミーが回想にひたっているうちに、まぜちゃんは板づくりの古い物置に到着した。地面から見上げて、スズメの巣を探している。

運悪く、親スズメがカマキリをくわえて戻ってきた。屋根板の隙間から、なかのこどもにエサを与えようというのだ。まぜちゃんは、親スズメが去ってから、巣を襲うにちがいない。

エイミーがそう考えたとき、まぜちゃんが猛然と板壁を駆け上がった。そして、エサを与えようとする親スズメに跳びかかった。

（やめて、ダメよ！）

鋭い牙で親スズメの羽と肉を噛む感触が自分の口にも伝わる。宙を舞ったまぜちゃんは地面に着地し、親スズメの首を噛み砕いた。

（もう無理。猫は大好きよ。でも、わたしは猫になれない！）

エイミーの口に血肉の匂いが充満する。まぜちゃんの興奮が全身をかけめぐる。

あまりの不快さで、エイミーは頭がクラクラした。しかも頭がとても痛い。

エイミーは両手で頭を抱えようとしたが、どちらの腕もからだに密着されていて動かせない。目にはアイマスクがかけられているらしく、目を開けてもなにも見えない。右腕には点滴の針が刺さっているようだ。

（いったいぜんたい、どうなっているのよ）

頭のなかで抗議したのと、自分がひとの姿に戻っているのを認めたのは、ほぼ同時だった。

アイマスクや点滴の針以外にも、からだのあちこちに脳波や心拍数を計る装置の端末が付けられている。

（わたし、長い夢を見ていたんだわ。でも、あんなにリアルな夢ってあるかしら）

廊下を走る足音が聞こえて、ドアが開き、「浦野さん、動かないでください。おちついてください」と看護師らしい女性の声がした。

「いま、ドクターが見えますから。そのあと、アイマスクを外して、腕を固定している布紐《ぬのひも》もほどきます。それまでは、じっとしていてください。いいですね」


エイミーが自分のクリニックで昏倒したと男性の医師から知らされたのは、それから十分ほどがすぎてからだった。側頭部と後頭部をかなり強く打ったようだが、さいわい脳に出血や挫傷といった異常はなく、よって開頭手術もおこなっていない。

ところが、なかなか意識が回復しないので心配していたとの医師の説明を聞きながら、エイミーはいまがいつなのかを知るのが怖かった。

数日ならともかく、もしも数年がすぎていたら、どうしよう。しかも、ユキちゃんがあとを継がずに、『エイミー動物の病院』と看板を掲げたあの建物がすっかり無くなっていたら、ショックで再び倒れてしまうかもしれない。

おとうさんや俊彦は生きているのだろうか。ひょっとして、数十年がすぎていて、浦島太郎のように、すっかり様変わりした世の中に戻ることになるのだろうか。

ベッドに横たわったまま、エイミーは不安を抑えられなかった。しかし、いつまでも真相を知らずにはいられない。

「あの、わたしは何日間、意識を失っていたのでしょう?」

アイマスクが外されたあとも目をつむっていたエイミーがおそるおそる聞くと、「ああ、なるほど」と医師が応じた。

その声には、どことなくからかいのニュアンスがあった。このぶんなら、大した日数ではなさそうだと、エイミーは安堵した。しかし、事実を知るまでは安心できない。

「先生」と看護師が釘《くぎ》を刺した。

「わかってる」と答えた医師はきっといたずらが好きなのだろう。

「まず、目を開けましょう」

そう言われて、エイミーは瞼を上げた。病室のライトは明度を落としているようで、まぶしくはなかった。窓のブラインドは閉じている。

「あなたは自分の名前を憶《おぼ》えていますか？」

頬や顎に髭《ひげ》を生やした医師の問いに、「浦野映美です」と答える。

「ご職業は？」

「獣医師です。朝霞市内で動物病院を開業していて、院長をつとめています」

そう答えながら、エイミーは自分がおちついていくのがわかった。きっと、意識を失っていた患者が回復したさいの問答例があるのだ。

「あなたは、きのうの午後、十二時半ころに救急車でこちらの病院に運ばれてきました。そのときも、私が診察をしました。いまの時刻は十六時半ですから、浦野映美さんは約二十八時間、意識を失っていたわけです」

医師はそれに続けて、二十八時間も意識を失っていたのは、脳がよほどの衝撃を受けたからであること。脳の組織に打撲による損傷がまったく認められないからといって、安心してはならないこと。転倒の原因は判明していないが、心身の疲労がかなり蓄積していたと思われるので、最低でもあと三日間、可能なら一週間は入院して、体調を回復させてから退院してほしいと、エイミーをさとした。

年齢不詳の見た目だが、声のトーンや話ぶりからすると、この医師は自分よりも若いようだとエイミーは思った。

「じつは、つい一時間ほど前まで、あなたのおとうさまが、付きっ切りで看病しておられたんです。ずっと、あなたに呼びかけていました。こんな若さで死んではならない。こどもが親よりも先に死んではならないと、懸命に呼びかけておられました」

医師は涙声で、父のようすを話してくれた。エイミーも涙をさそわれたが、申しわけないことに、父の声は一度も耳に届いていなかった。

「おとうさまには、このあと私からお電話をして、娘さんが意識を回復されたことを伝えます。ただ、面会はあすにしてもらいます。この程度の会話でも疲労をおぼえておられるはずですので、どうぞお休みください」

懇切丁寧な医師のふるまいに、エイミーは深く感謝した。

医師と看護師が退出したあとの病室で、エイミーは三毛猫のまぜこぜちゃんに入り込んでいたあいだに経験したことを思い返した。さいわい霧消してはおらず、ほぼすべての出来事を克明に憶えていた。

（あれは夢だったのかしら？　それとも本当に、わたしの意識がまぜちゃんのなかに入り込んだのかしら？）

どちらなのかをたしかめるすべはないが、いずれにしてもエイミーは満足だった。おとうさんや俊彦、それにスタッフの美樹ちゃんと友江ちゃんには大変な心配をかけてしまったけれど、猫の生態を身を以《もっ》て理解したことで、これまで以上の熱意で『エイミー動物の病院』を運営していける。

ミカズさんのお宅も素晴らしかった。人一倍恵まれた環境でも奢《おご》らず、怠けず、しっかり生活しているひとたちはいるのだ。

湯出先輩は、どうしているのだろう。あのウォーターフロントのペットクリニックで、あのまま診療をおこなっているのだろうか。

(あした、おとうさんに、わたしのスマホを持ってきてもらおう。そして、湯出先輩がどうしているのかをネットで調べてみよう。それとも、そんなことはしないほうがいいだろうか)

頭のなかで考えているうちに、エイミーは眠くなってきた。

髭もじゃの医師によれば、最低でもあと三日は、この病室で寝ていられるのだ。退院したら、またいそがしくなるのだから、そのあいだはゆっくり休もう。

(目を覚ましたら、今度はたぬきさんに入っていたりして)

それはもういいと思いながら、エイミーは深い眠りに落ちていった。

第六話　気になるあのひと

「ねえ、猫を飼うけど、いいよね」

玄関からダイニングキッチンに入るなり、わたしは宣言した。父と母、それに妹の彩《あや》子《こ》が固まっている。十月半ば、土曜日の午後六時半で、三人はクリームシチューとミモザサラダの夕食をまさにとろうとしているところだった。ただし、両親が愛用する小ぶりな陶器のグラスには、まだ白ワインがそそがれていない。

「ごめん、タイミングが悪かったみたい。それに、六時には帰るってメールしたのに、三十分もおそくなっちゃって」

トートバッグを提げたまま謝り、きびすを返して階段にむかおうとすると、「律子《りつこ》、律子。まあ、すわりなさい」と父が言った。

長方形のテーブルに、両親と娘たちがむかい合うように四脚の椅子が置かれている。夜でもカーテンを引かないのは、西側の窓から、グラバー園の屋根越しに長崎湾が見えるからだ。

ただし、ひと月ほど、わたしは家族と食卓を囲んでいなかった。この程度の口をきくのさえ、久しぶりだ。

朝も晩も、母が支度してくれた食事をお盆にのせて、自分の部屋で食べる。きれいに食べて、「ごちそうさま」は言っていたが、「おいしかった」が続かない。「いってきます」と言って登校し、帰宅して「ただいま」は言うが、それ以上の会話はしない。

礼を失したふるまいだということはわかっているし、父にも母にも妹にも一切責任はないのだが、あの事件への怒りがおさまらないのだから仕方がない。

高校でも、わたしはカリカリしていた。そして、先生たちもクラスメイトも、敬して遠ざけるという態度で接してきたため、わたしのいらだちはつのる一方だった。

「お姉ちゃん、もう猫をもらってきたの？」

三つ下の彩子がいかにも無邪気に聞いてきた。ぽっちゃりしたほっぺたがかわいらしい。対するわたしはやせぎすで、きっと目つきも以前に増して尖っているのだろう。

そう自覚しつつ、わたしは立ったまま妹に質問をむけた。

「誰かから、もらうとはかぎらないじゃない。捨てられていた子猫を拾って飼うという可能性もあるとは思わないの」

おっとりした美人さんの揚げ足を取る自分に愛想が尽きる。

「だって、捨て猫だったら、ノミがついているかもしれないでしょ。リツ姉は、虫が大嫌いじゃない」

妹に上手を行かれて、わたしは目をつむり、胸のうちで感謝した。

(やっぱり家族はありがたい。彩子も、さすがはわたしの妹だ)

「おかあさん、わたしも一緒に食べる」

そう言って洗面所にむかい、さらに二階の部屋にバッグをおいてから、テーブルにつく。

「いただきます」

グラスの水に口をつけて、わたしはスプーンを持った。

「おいしい」

ちょうどいい温かさのクリームシチューは本当においしかった。すわり慣れた椅子の心地よさとあいまって、こわばっていたからだが溶けてゆく。

シチューのとき、パンとクラッカーが用意されているのがうち流で、わたしは丸くて白いパンをちぎった。

「おとうさんも、おかあさんも、ワインを飲んで」

わたしは自分の手元に目をむけたまま言った。

「じゃあ、いただこう。うん、あれだけのことがあったのに、ひと月で、よく気持ちを切り替えた。えらいぞ、律子」

父が感極まっているせいで、わたしはなかなか顔をあげられなかった。

ことの発端は、まさに偶然だった。新聞部員のわたしが三階にある音楽室で練習する吹奏楽部を取材していると、同じ二年一組でクラリネット奏者の三崎日向子《みさきひなこ》が教室のロッカーにお財布と携帯電話を忘れてきたという。

生徒ひとりずつに錠のかかる小型のロッカーが割り当てられていて、貴重品をしまうようになっている。

「ねえ、律子。一緒に来て」

そう言われて、「うん、わかった」と答えたのは、二年生と三年生の教室がある二階が、放課後はひとけがなくなるからだ。

三階には、一年生の教室のほかに、音楽室、美術室、生徒会室、それにわれらが新聞部の部室もあって、放課後もにぎやかだ。一階には職員室があり、先生たちが打ち合わせや文書の作成をしている。

ところが、そのあいだの二階は、無人の教室が並んでいるだけだ。校庭や体育館で部活に励む運動部員たちはそれぞれの部室にカバンを持っていき、教室には戻ってこないため、二階全体が、怖いくらいシンとしているのである。

じっさい、日向子と手をつないでいても、足がすくんでしまう。午後六時が近く、夕日が沈みかけて、廊下がみるみる暗くなってゆく。

東日本大震災以降、長崎県でも節電が呼びかけられていた。昨年四月に着任した校長も、最初の全校集会で、「宮城県沖を震源とする超巨大地震の発生から四年がたっても、復興にはほど遠いのが現実です。被災地へ寄せる気持ちを節電というかたちで実行しましょう」と体育館に集まった生徒たちに訴えた。ただし、その声は聞きとりづらくて、およそ共感を呼ぶものではなかった。

しかしながら、節電に対する校長の執心はハンパではなく、就任二年目になっても、毎日欠かさず放課後に校舎を一巡し、電気の消し忘れがないかをチェックしている。

「ヒデキ」という仇名《あだな》は、わたしが進呈した。陸軍大将にして第四十代内閣総理大臣をつとめた東條英機《とうじょうひでき》氏にかけたもので、太平洋戦争末期の物資欠乏のおり、庶民の窮状を気にかけて、みずから市中のゴミ箱を見てまわったというエピソードに基づく。そんな些事《さじ》より戦局の打開を図れと言う批判もあったそうだが、テレビで見た当時のニュース映画には、にこやかに庶民と語らう東條氏の姿が映しだされていた。

一方、われらがヒデキは、いつでも仏頂面だ。昨年四月におこなった、校内新聞に載せるためのインタビューでも節電についてばかりぼそぼそ語り、プライベートをいっさい明かさなかったので、部員一同大いに弱った。

一同といっても、昨年度の新聞部は、三年生の女子が二人に、新入部員のわたしという、お寒い女所帯だった。それでも一騎当千の気持ちで臨んだ新校長へのインタビューが空振りに終わり、部室に戻って三人でグチをこぼしているうちに、「あいつ、ヒデキですよね」とわたしが言って、その理由を説明したところ、先輩たちが大ウケしたのである。「ヒデキ」は校長の仇名として広まり、定着した。

ああ見えて反原発主義者、すなわち自然エネルギー推進派なのではといった憶測も飛び交っていたが、当人があげる理由は、原発が停止して電力が不足しているからの一点張りだ。きっと、きょうもひとりで、放課後の校舎を一巡したにちがいない。

教室の個人用ロッカーには、ダイヤル式の南京錠《なんきんじょう》がかかっている。この暗さでは、電気を点《つ》けないと数字を合わせられないが、教室は校庭から丸見えだ。誰かに告げ口されて、担任共々、仏頂面の校長からお小言を食わされるのは御免こうむりたい。

（放課後の 暗い廊下も怖いけど ヒデキのお目玉まだ怖い）

わたしは頭のなかで戯《ざ》れ歌をつぶやいた。二〇一六年の日本で、戯れ歌、またの名を狂歌が趣味の女子高生はそう多くないだろう。

これは二年前に亡くなった父方の祖母から受け継いだ芸というか、趣味だ。祖母は三味線のお師匠で、七十歳をすぎても花月をはじめとする料亭のお座敷に出ていた。小唄の名手にして、都々逸《どどいつ》もじょうずだった。

七七七五で男女の艶っぽい心理を語るのが都々逸で、幕末に活躍した長州藩士高杉晋《しん》作《さく》の「三千世界のカラスを殺し　ぬしと添い寝がしてみたい」が有名だ。

ところが、わたしが作ると、ちっとも色っぽくならない。

「あんたは戯れ歌にしておきな。なんにつけ、無理はよくないよ」

戯れ歌は短歌と同じ五七五七七で、世の風潮を笑い、警句を飛ばす。季語がいらないのは、川柳と同じだ。

「悔しいけど、そのとおりだと思います。でも、気に入っている都々逸をつぶやくのはありですよね」

中二のわたしが食い下がると、「好きにしな」と浴衣が部屋着の祖母は素っ気なく応じた。

夫に早逝されて、女の細腕でひとり息子を育てあげたのに、祖母は息子夫婦の世話になるのを嫌い、結婚祝いと称して、グラバー園の奥に建つ家をゆずり渡した。引き移った思案橋《しあんばし》そばのマンションを「長屋」と呼び、１ＤＫの部屋で気ままな独り暮らしをしていた。

わたしは気がむいたとき、「長屋」に寄っては、祖母とのおしゃべりを楽しんだ。そのせいで、古いことばが自然に口をつき、先生や友だちに驚かれることがある。祖母が元の家に来るのは、お正月とお盆くらいだった。

最期も近所の薬局で買い物をしているときに、とつぜん意識を失った。死因は大動脈解離。享年七十二。

「あまりにも早すぎて、ことばになりません。ただ、ちっとも苦しまないで逝かれて、わたくしもあんなふうに人生の幕をおろせたら、どんなに幸せだろうと思っております」

三味線の弟子でもある薬局の奥さんが通夜の席でおっしゃったとおり、まさに大往生だった。

父も生き方に一本筋が通っているが、根はウエットなひとなので、からりとした気性の母親とは反りが合わなかったようだ。

着物に足袋、草履をはき、石畳をゆく祖母の姿を思い浮かべているうちに、暗い廊下を歩くわたしも背筋が伸びて、足のはこびもスムーズになった。

「あれっ、女子トイレに誰かいるみたい」

ひそめた声で言うと、日向子がしがみついてきた。

長い廊下の中ほどにある女子トイレから、わずかに光が漏れている。トイレの灯りは消えているのに、誰かが懐中電灯のようなものを点けているらしい。女子生徒が、こんなふうにトイレに入るはずはないし、修理なら、トイレの灯りを点けるだろう。

「不審者かもね」

わたしがつぶやくと、「不審者って、なに？　ど、ど、泥棒？」と日向子がおびえたが、わたしはかえって肝が据わった。

「たぶん、盗撮ってやつじゃない。ついこのあいだ、テレビで見たんだけど、スマホをはじめとするデジタルの撮影機器が進歩したせいで、被害がものすごく増えてるんだって。金曜日の放課後だし、今週撮影した分を回収しているのかもね。それとも、新たに装置を取り付けようとしているのか」

そう推理しながら、わたしは拳を固めた。これが初めての犯行でなく、すでに何度も盗撮がおこなわれていたかもしれないのだ。

それにしても、痴漢や盗撮など、女性が被害者となる性犯罪がいっこうに減らないのはどうしてなのだろう。

徒歩で二十分ほどの通学なので、わたし自身は痴漢にあったことはない。しかし路面電車やバスを利用して通う女子生徒たちは、ほぼ毎日、誰かしらが被害にあっていた。

去年の夏に、その事実を知ったときから、わたしは絶対に校内新聞でとりあげると決意した。他校や教育委員会、新聞社やテレビ局にも新聞を配り、長崎市をあげて、この問題に取り組んでもらうのだ。

痴漢を野放しにするのは、女性の基本的な人権が、不埒《ふらち》な男性によって侵害されているのを黙認することである。そんな社会で、女性がこどもを産み、育てたいと思うだろうか。

三年生の先輩たちが九月末に引退し、新聞部はわたし、野木《のぎ》律子ひとりになったが、弱音を吐いてはいられない。来年度に新入部員が入ってこなくても、わたしの在学中は活動を継続してみせる。

生徒会と交渉した結果、毎年五月半ばに発行している新入生歓迎号は、これまでどおりに新聞部が単独でだす。もう一号は、文芸部が九月半ばの文化祭にあわせて年一回発行している文芸誌に特集記事を掲載させてもらうことで折り合いをつけた。もちろん、部室はそのまま使用する。

わたしはひとりで企画を練り、二年生になった今年の春、満を持して全校生徒にアンケートをとろうとしたところ、無記名であってもプライバシーにかかわると、生徒指導主任でもある新聞部の顧問からストップがかかった。どうやら管理職から横槍《よこやり》が入ったらしい。

「肚が立つったら、ありゃしない。痴漢はまごうかたなき犯罪でしょ。しかも自分が教員をつとめる高校の女子生徒が毎日のように被害にあっていて、それを防ぐために生徒がおこそうとしたアクションを教員側が阻止するって、一体全体どういうことなのよ」

夕食のテーブルで、わたしは父を相手にまくし立てた。

「学校側の言いぶんを忖度《そんたく》すれば、新聞社やテレビ局には、取材源秘匿等の倫理規定があり、違反すれば、罰則が加えられる。それに対して、そうした抑制の利かない一介の県立高校の新聞部が、無記名とはいえアンケートという直接的な方法で、女子高校生の痴漢被害という微妙な問題に取り組むのはまずいのではないか」

父の説明のほうが、顧問のしどろもどろの弁解より、ずっとわかりやすかった。だからといって納得できるはずもないが、少しは気が晴れた。

父は長崎大学病院の事務職員をしている。小中学生のころは医師に憧れていたが、自分の学力ではどう足掻《あが》いても医学部に進むのは無理と観念して、志望を変えたそうだ。

母はわたしを産むまで同じ病院で看護師をしていた。父は誠実な仕事ぶりで、同僚はもちろん、看護師や医師からも信頼されている。ふたりの結婚は、みんなから祝福されたそうだ。

父の誠実さは家庭でも発揮された。仕事が終われば、まっすぐ帰宅して、こどもたちとたっぷりあそび、授業参観や懇談会にも進んで参加する。おかげで、高校生になっても、わたしは父と気さくに話ができた。

わたしは国公立大学の法学部か経済学部を目ざしている。新聞記者か、フリーのライターか、編集者か、文章にたずさわる仕事に就きたいと思っているのだが、そのためにも社会の仕組みをしっかり学びたい。

いまの悩みは、生まれ育った長崎の大学に進学するのか、それとも東京に出るのかだ。父も母も、女性だからといって選択の幅を狭めることはないと言ってくれているが、金銭的な負担をかけてしまうし、東京という巨大な都市で自分を見失うかもしれないという不安もある。

ただし、世界に開かれた町という点では、長崎は江戸・東京に引けを取らない。いや、出島《でじま》を有していた長崎のほうが西洋との交際は長く、深い。わたしの考え方や、ものの見方にも、そうした長崎の歴史と文化は息づいているはずだ。だから問題は、わたしの気がまえなのだ。

(東京でひとり暮らしをすれば、女性であるがゆえのリスクを負わされる場面は、これまでより格段に増える。この先、わたしが世の中とどう渡り合っていくのか。その姿勢が、いままさに問われている)

大上段に構えすぎだと自嘲しつつ、わたしは覚悟を決めた。職員室に知らせに行っているあいだに犯人に逃げられたら、元も子もない。日向子と協力して、女子トイレにひそむ不審者、おそらく盗撮犯を取り押さえてみせる。

アンケートこそとれなかったものの、二週間前の文化祭にあわせて発行された文芸誌に、わたしは女子高生の痴漢被害を告発する特集記事を載せた。しかし、健闘を讃《たた》えてくれたのは、三月に卒業した新聞部の先輩たちだけだった。

在校生は、男女を問わず迷惑がっているようだったが、ここで盗撮犯を捕まえたら、わたしの取り組みがまちがっていなかったことが証明できる。

にじり寄るように廊下を進みながら、わたしは頭を働かせた。まずは、何者かが本当に女子トイレにひそんでいることをたしかめなければならない。

日向子に廊下の電気をつけてもらい、それと同時にわたしが、「そこで、なにをしているんですか」と呼びかける。物音や気配で、不審な人物がいることがわかったら合図を送り、日向子が火災報知器の非常ベルを押す。

けたたましくベルが鳴り、驚いた不審者は十中八九、逃走を図るはずだ。わたしは逃げる相手を追いかけて、職員室から出てきた先生たちに、そのひとが女子トイレに隠れていましたと告げて、捕まえてもらうのだ。

一方、日向子は、駆けつけてきた先生や生徒たちに事情を話し、誰もトイレのなかに入れないようにする。

この作戦では、ためらわずに非常ベルを押すのが一番のポイントだ。緊急事態の発生を全校に知らせられるし、近所のひとたちも集まってきて、学校側は事件をうやむやにできない。

せめて外部の人間による犯行であってほしいが、そうではない可能性は否定できないのだ。また、犯行現場を確保して、警察の捜査に委ねる。

わたしは小声で日向子に手筈《てはず》を説明した。

「だいじょうぶ。犯人は百パーセント逃げるから。あんたはまず廊下の電気をつけて、わたしが合図をしたら、思いきり非常ベルのボタンを押してくれればいいの」

「わかったけど、マジで怖い」

「わたしだって怖いけど、ぐずぐずしてはいられないわ」

日向子がスイッチのある場所まで廊下を戻るあいだ、わたしは女子トイレの出入り口からなかをうかがった。奥のほうで、光がかすかにゆれている。

そのとき廊下の電灯がついた。

「ちょっと、そこでなにをしてるのよ」

ケンカ腰の声がトイレに響く。

「くそっ」と男性の声がして、わたしは大きく手を振った。

一瞬の間のあと、ものすごい音が鳴り響いた。ベルの連打が壁や天井に反響して、耳をつんざくとはこのことだ。

「ちくしょう」

女子トイレから駆けだしてきた細身の男は帽子とマスク姿で、上下とも黒いジャージを着ている。手にはなにも持っていない。証拠の隠滅は諦めて、とにかくこの場から逃げようというのだ。

黒づくめの男は廊下を奥にむかって駆けてゆく。職員室から遠いほうの階段をおりて、非常口から外に出られたら、どうしようもない。

「誰か、その男を捕まえて」

わたしの絶叫が非常ベルの音でかき消される。それでも繰り返し叫ばずにはいられない。絶対に逃がしてたまるか！

激しく憤りながらも、わたしは冷静さを失っていなかった。廊下の端に達した犯人が、一階からのぼってくる先生たちに追われて、こちらに引き返してくる可能性はある。

階段の手前で、わたしは足を止めた。男は戻ってこない。

そこで階段に出ると、すぐ下の踊り場で、五、六人の先生たちが男を取り押さえていた。

「そのひとが二階の女子トイレにいたんです」

わたしが大声で言うと、先生たちがうなずいた。

「これ、持ってきました」

一階からのぼってきた若手の教員がサスマタを柔道部の顧問に渡した。棒の先にU字型の金属が付いた、昔ながらの捕縛道具だ。

「よし」と言って受け取ると、ベテランの体育教師は仰向けになった男の腹部をサスマタで押さえつけた。

「不届き者め。観念しやがれ」

そう言って体育教師が体重をかけたとき、非常ベルが鳴りやんだ。

「わたしと吹奏楽部の三崎日向子で、そのひとが二階の女子トイレにいるところを見つけて、非常ボタンを押したんです。日向子は、二階の女子トイレにいます」

踊り場にはおりずに、いきさつを説明すると、「おう、野木律子。お手柄だ」と興奮した柔道部の顧問がフルネームで褒めてくれた。

「警察に連絡をしました。すぐにパトカーでむかうそうです。そちらは教頭が対応します。運動部の生徒たちには、校舎に入らず、校庭や体育館で待機するように指示をしました」

小走りでやってきた国語の先生も興奮で息が切れている。

そこに背広姿の校長があらわれた。ただし、ヒデキはひとりだけ雰囲気がちがい、無機質な目で取り押さえられた男を見おろしている。

「校長。あの女子生徒が、二階の女子トイレにこいつがいるのを見つけて、火災警報器の非常ボタンを押したそうです。まだ現場はたしかめていませんが、この格好からして、よからぬことを企《たくら》んでいたんでしょう」

柔道部の顧問が説明すると、踊り場のヒデキが、二階のわたしに目をむけた。思わず身を引いたのは、その目があまりに怖かったからだ。

（ちょっと、なんなのよ。あんたがにらむのは、わたしじゃなくて、そいつでしょ）

頭のなかで、わたしは抗議した。ヒデキは視線を外し、無言で階段をおりていく。異様すぎるふるまいに、先生たちも不安を覚えているようだ。

ほどなくサイレンが聞こえて、数台のパトカーが到着した。男は建造物侵入罪の現行犯で逮捕され、帽子とマスクをしたまま、警察官たちに連行されていった。

その後、警部だという警察官に呼ばれて、わたしと日向子は、教頭の立ち会いのもと、二年一組の教室で一連の出来事を話した。途中、日向子は自分のロッカーを開けて、忘れていたお財布と携帯電話を取りだした。日向子の二つ折り携帯には、猫のぬいぐるみのストラップが三つも付いていた。

二階の女子トイレからは、特殊な撮影機材と、額につける電灯が見つかった。トイレの窓ガラスには遮光シールが貼られていて、電灯の光が外に漏れるのを防ぐという、用意周到な手口だった。

「午後八時以降は、警備会社が管理する防犯システムが作動するため、それより前に退散するつもりだったのではないでしょうか」

教頭がおそるおそる言うと、「なるほど、その可能性はありますね」と警部が応じた。四十五歳くらいの、がっしりした体格の男性で、うちの教頭とは比べものにならない貫禄がある。

午後七時をまわっていたが、わたしと日向子は三階の音楽室からふたりで階段をおり、二階の廊下を歩くところを再現させられた。

「大変なお手柄ですがね、相手の出方によっては、おふたりのどちらか、もしくは三階に残っていた生徒の誰かが人質に取られるか、大けがをさせられていたかもしれませんよ」

警部の静かな物言いに、わたしは身をふるわせた。冷静に作戦を立てて、的確に行動したつもりだったが、かなり危ない橋を渡っていたのだ。

「日向子、ごめんね。みんなにも謝らないと」

「そんなことないよ。律子のおかげで、女の敵を捕まえられたんだから。あたし、そいつを蹴飛ばしてやりたかったよ」

日向子は興奮冷めやらぬようすだった。

警部からは、今回の事件の詳細や、警察とのやりとりについて、インターネット上に文章をアップしないように求められた。友人知人や、マスコミにも話さないでほしい。こうした事件において、勢いでマスコミの取材に応じてしまい、あとで後悔するケースは山のようにあるという。

そこに父と日向子のおかあさんがあらわれた。警部と教頭に、自分たちが何者かを話した父は、わたしを抱き締めた。

「よく無事だった。よく無事だった。よくやったが、無茶をするにもほどがある」

ジャケットを着た父は汗びっしょりだった。

高校から、わたしの家に電話があり、それを受けた母を通して事件のあらましを知った帰宅途中の父は全力疾走で娘の通う高校にむかった。途中、赤信号でとまったときに、わたしのスマホにかけたがつながらなかったそうだ。学校にいるあいだは電源を切っているのだから、それは仕方がないし、もちろん父も怒っているわけではなかった。

父の腕をほどいていると、階下から警察官が駆け足でやってきた。そして警部に何事かを耳打ちした。

「それは本当なのか」

テレビドラマのように警部が驚いている。そして、わたしたちから離れて、ふたりだけでさらに話したあと、教頭を呼んだ。

「えっ、まさか」

教頭が膝から崩れ落ちた。廊下にすわり込み、頭を抱えている。

「あの盗撮犯が、うちの校長の息子ですって」

こちらまで声が届き、わたしは父にしがみついた。ヒデキの、犯人を見おろす無機質な目、そしてわたしにむけた怖い目がよみがえる。

警部が、わたしたちのほうに歩み寄った。

「いまのあれ、聞こえてしまいましたよね。ご内密に願いますが、校長に任意同行を願うことになりました」

警部は足早に階段をおりていき、日向子とおかあさんもあとに続いた。

わたしも早く帰りたかったが、あまりに衝撃的な展開にふるえが止まらない。二年一組の教室で休んでいると、父が言った。

「律子、スマホの電源は切ったままにしておきなさい。そして、少なくとも今晩は、誰とも連絡をとらないこと」

父の心配は杞憂《きゆう》ではなかった。気を取り直して家路につき、一・五キロメートルほどの道を歩いて家の玄関に入ると、彩子は不安でいっぱいの顔だった。

「さっきから、切っても切っても、電話がかかってくるの」

げんに母は、耳に当てていた子機を親機に置いたところだった。どうやって調べたのか、新聞社やテレビ局、それに週刊誌の編集部から、取材を求める電話がつぎつぎにかかってきたのだという。

「まったく、それが仕事とはいえ、なんという連中だ」

父は玄関の鍵をしっかりかけると、親機を操作して着信音を鳴らないようにした。

「たしかに、格好のスキャンダルではあるからね」

ため息をついた父がダイニングキッチンの椅子にかけた。

「不幸中の幸いだが、きょうは金曜日だから、律子も彩子も、二日間は学校に行かずにすむ。この事件に関する情報は、ぼくが集めて、きみたちに伝えるから、少なくとも土日のあいだは新聞もテレビもインターネットも見ないこと。おそらく来週中には、高校の体育館で保護者に対する説明会が開かれるはずだが、さっきの教頭のていたらくだと、どうなるかわからないな」

父の予想は当たり、教頭は心身の不調を訴えて入院してしまい、教育委員会の担当者による説明会が、事件から五日後、水曜日の午後六時から開かれた。

父を通して聞いていた報道どおり、ヒデキの息子は世間体をはばかる父親につけ込み、父親が勤める学校で盗撮行為を繰り返していたという。ヒデキが節電にこだわったのも、息子が校舎に忍び込みやすくするためだったのだ。

「容疑者が何年前から盗撮をおこなっていたのかという点は、きょうの説明会でも明言されなかった。その年数によっては、校長の前任校の生徒たちまでが、被害者の列に加えられてしまうわけだからね」

そう言ったあと、父はマスコミへの苦言を呈した。登下校中の生徒たちへの取材は自粛しているようだが、きょうはテレビ局の記者が保護者たちに執拗《しつよう》に質問をむけていたという。ただし、一部の生徒と保護者はマスコミに積極的に情報を提供しているらしい。しまいまで聞かず、わたしは二階にあがった。頭に血がのぼり、耳鳴りがする。月火水とふつうに登校してきたが、どうやら限界がきたようだ。

魔が差したとしかいえないが、父が説明会に出席しているあいだに、わたしは五日ぶりにスマホの電源を入れた。そして自分が通う県立高校名を検索したところ、SNS上に、つぎのような文章がアップされていたのである。

〈Rよ。オマエはなんということをしでかしてくれたのだ。オマエがあそこまで勇敢にふるまわなければ、今回の盗撮事件がこれほど大々的に報道されることはなく、オレたちの高校生活も、ここまでかき乱されずにすんでいたはずだ。

節電マニアの校長に「ヒデキ」と仇名する怖いもの知らずのオマエ、新聞部員が自分ひとりになってもめげないオマエがここぞとばかりに張り切ったせいで、わが校の女子生徒たちが繰り返し盗撮されていた事実が日本中に知れ渡ってしまったことを、オマエはどう思っているのか。

オレたち男子生徒は、自分のクラスメイトや恋人である女子生徒たちが盗撮犯の餌食になっていたことを、いやでも知ることになってしまったのだ。

もちろん悪いのはヤツ＝盗撮犯であり、ヤツの手引きをしていた（させられていた）校長＝ヒデキだ。しかしながら、ヒデキはあと半年ほどで定年退職だった。来年の三月三十一日で退任していたら、それを機にヤツ＝盗撮犯がわが校に忍び込むのをやめていた可能性もなくはないのだ。

盗撮や痴漢といった嗜癖《しへき》行為は簡単にやめられるものではないそうだから、ヤツが別の場所で、新たな盗撮行為をする危険性は大いにある。そうしたことを十分わかったうえで、ヤツとヒデキが穏便にわが校とのかかわりを終えてくれていたほうが、オレたちの気持ちは楽だったのではないかと思わずにいられないのだ。

あのＨという女は雑魚だ。英雄気どりで、マスコミに聞かれるままにペラペラとしゃべりまくっているが、Ｈだけではなにもできなかったはずだ。だから、Ｒよ、オマエのせいなのだ。勇気と知恵を併せ持つオマエが、その実力をいかんなく発揮して、女子トイレにひそんでいたヒデキの息子をものの見事に捕獲したせいで、昨年度の卒業生たちを含む、全校生徒とその保護者たちが、回復しようのない不快な目に遭わされてしまったのだ。Ｒよ、どうしてくれる、Ｒよ、どうしてくれる。〉

「お門違いもいいところだよ。おととい来やがれ！」

祖母直伝の啖呵《たんか》で一笑にふそうとしたが、わたしを呪う文章には賛同者が大勢いて、ショックを倍加させた。

その後、母と妹と三人で夕食をとり、保護者説明会から帰ってきた父の報告に耳を傾けているうちに、張りつめていた糸が音を立てて切れたのだ。

二階の部屋に閉じこもったわたしはベッドで丸まった。歯を食いしばり、涙はこらえたが、怒りと悲しみで身動きがとれない。

いつの間にか眠ってしまい、目を覚ますと、午前零時をすぎていた。

わたしは両親と妹に宛てて手紙を書いた。整った文章を書く余裕はないので、レポート用紙に自分の窮状を箇条書きにした。

・ネットにアップされていた、「Rよ」と連呼する、わたしを中傷する記事を読んでしまいました。
・その記事はものすごく読まれているうえに、賛同者もたくさんいます。
・ショックは大きいけれど、高校には行き続けます。
・あの事件のあと、頭はぼんやりしたままで、からだはガチガチです。でも、これは防衛本能なのだと思います。あんなことがあったのに、理路整然と物事を考えようとしたり、寛容な態度をとろうとしたら、わたしの心身は壊れてしまうでしょう。
・ですから、しばらくは食事をひとりでとらせてください。ダンランの場にいても、愉快な会話に加われそうもありません。
・心配をかけて、ごめんなさい。ただ、やさしいことばはかけないでください。最大限の愛情で、知らないふりをしていてください。かならず立ち直ってみせます。

木曜日の朝、わたしは母がととのえてくれた朝食をお盆にのせて二階の部屋に持ち込んだ。いつもの道を歩いて登校すると、日向子が来ていなかった。担任はそのことについてなにも言わず、誰も欠席の理由をたずねなかった。

やがて、あの金曜日から二週間がすぎて、わたしはベッドで丸まらなくなった。授業も理解できるし、休み時間にはクラスメイトのおしゃべりも耳に入る。ただし、日向子は休んだままだ。

わたしの胸には言いようのない怒りが渦巻いていた。ひとたび口を開いたら、誰彼かまわずケンカを売りそうだった。

さらに数日がすぎ、わたしは誰かと話したくなった。でも、誰となにを話せばいいのかがわからない。

そんなとき、家に帰ると、わたしの机に手紙が置かれていた。一瞬、日向子からかと思ったが、白い封筒の裏面には「新聞部ＯＧ　渡辺知花《わたなべともか》」と書かれていて、わたしは息をついた。今年の三月に卒業した新聞部の先輩となら、以前と同じ調子で話ができるかもしれない。

水色のカラーペンで書かれた手紙は、わたしをなごませた。

〈母方の祖母が三年ほど前からユニークな賃貸マンションに住んでいます。入居の条件が、飼い猫（三匹以内、去勢・避妊手術済み）と同居のこと、というのです。管理人の松田《まつだ》さんもユニークなイケメン男性なので、気分転換に、一緒に祖母を訪ねませんか。待ち合わせは路面電車の浦上《うらかみ》駅。日にちと時間はそちらの都合に合わせます。〉

猫に興味はないが、知花先輩がさそうからには、おばあさんも管理人さんも話せるひとなのだろう。

携帯電話の番号とメールアドレスが記されていたので、わたしはさっそくメールを送った。そして、次の土曜日、つまり、きょうの午後に、知花先輩のおばあさんを訪ねる約束をしたのである。

帰宅時間が予定より遅くなったのは、浦上駅から乗った路面電車を終点の石橋駅《いしばし》でおりたあとも、道々立ち止まり、メス猫のビリーと松田さんについて考えていたからだ。

「気になるあのひと誰をおもう　サバトラの猫の縁結び」

大浦小学校のそばで、都々逸が口をついた。

「どう、おばあちゃん」

暮れかけた夕空を見あげて、あの世の祖母に出来を問うと、しっぽを立ててゆうゆうと歩くビリーの姿が浮かんだ。

猫と同じ部屋ですごしたのは生まれてはじめてで、わたしは十一歳になる美形の猫に魅了された。おかげでヒデキ親子による盗撮事件のストレスからかなり解放されたし、知花先輩のおばあさんと管理人の松田圭司さんもとてもすてきな方だった。

ところが、帰り着いた家では話の切りだし方がわからず、ぞんざいな口調になり、おまけに彩子にからんでしまったのだ。

さぞかし心配していたはずなのに、父も母も妹も、クリームシチューを黙々と食べるわたしになにも聞いてこない。

「それで、猫というのは」

わたしがスプーンを置くのを待って、父がたずねた。

「いいのよ、律子。いいのよ、いいの」

母が自分に言い聞かせるように父を制した。

「わたしは聞きたい。毛の色はなに？　目の色は？　オスかメスかも知りたい」

彩子は本当に知りたくて仕方がないようだった。

「それじゃあ、順を追って話すわね。まず、猫を飼うかどうかは、まだ決まっていません。それに、三匹いる候補のうち、どの猫を飼うかも決めていません」

わたしが言うと、「え〜、どういうことお」と、彩子が甘えた声をだした。かなり猫に近いが、本物にはかなわない。猫は自分が甘えたいから甘えているので、飼い主のご機嫌をとろうとしているわけではないのだ。なににつけ、自分本位で行動し、おもねることを知らないビリーの気概に、わたしは大いに励まされたのである。

マンションの管理人で、不動産鑑定士でもある松田圭司さんが猫と同居の賃貸マンションというアイディアを思いついたのも、飼い主と猫の関係に注目したからだという。

ちなみにサバトラ猫とは、銀色の地に黒縞が入った猫のことで、古来より日本列島に生息していた種類なのだと、いくつもの前置きをしてから、わたしはきょうの出来事を順に話していった。

そもそもは四年前、松田さんが長崎の不動産業者から、六階建てマンションの管理運営について相談を持ちかけられたことに始まる。

立地と間取りの良さから、さまざまな生活スタイルのひとたちが入居したことが仇となり、深夜の帰宅や、物音などをめぐり、子育て中の世帯と単身者世帯のあいだでもめごとが相次いだ。管理運営を任されていた不動産業者の対応も適切さを欠いたため、ついには鉢合わせしたエレベーター内で、三十代の父親と二十代のホストの男性がつかみ合いのケンカとなり、双方が軽傷を負った。

不動産業者は、先に手をだした三十代の父親との契約を打ち切ることで幕引きを図ったが、子育て中の八世帯が連名で抗議文を提出した。しかも、それをネット上に公開したことで、入居者同士の対立はさらに深まり、引っ越す世帯も出始めた。オーナーである地元の資産家は、残りの入居者に自分が所有する別のマンションに移ってもらい、全十六室を空き部屋にしたうえで、不動産業者に最後通牒《つうちょう》を突き付けた。

「なにがなんでも、このマンションを再生させてもらいたい。全室が埋まるのは当然として、隣人と諍いをおこさず、家賃の滞納もしない健全なひとたちに、長期間、快適に住んでもらいたい。それができないなら、そちらとの関係をとりやめにすることも考えざるをえない」

窮地に追い込まれた不動産業者が助力を請うたのが、旧知の松田さんだった。奇数月は東京、偶数月は故郷の長崎と、ふたつの都市を行き来する風変りな不動産鑑定士なら、この難問を解決できるのではないか。

「ぼくは、なにつけ、どっちつかずでしてね。つまり優柔不断。これは女性が一番嫌う男性の性質だそうですね」

それは謙遜で、よほどの才覚と人脈がなければ、そうした常ならぬ働き方でやってこられたはずがない。

四十代後半の松田さんは色白の彫りの深い顔立ちで、年齢よりずっと若く見える。身長は百七十五センチほど。長崎生まれのひとにはよくあることだが、何代か前に西洋人の血が入っているのではないだろうか。

それはともかく、猫を飼っていることを条件に部屋を貸すというアイディアに、オーナーは難色を示した。猫の爪で柱や壁が傷だらけになるうえに、匂いがしみついてしまう。

しかし、つぎに入居するひともかならず猫をつれているのだから、その点は問題になりませんと松田さんは説明し、家賃の滞納も、入居者同士の諍いもまずおこりませんと話すと、オーナーはその根拠を知りたがった。

「室内で猫を飼うのって、エサ代やトイレの砂代で、けっこうお金がかかるんです。しかも気まぐれな猫に付き合うには、精神的なゆとりがなくちゃいけない。つまり入居者は安定した収入があるか、十分な資産があるうえに、おちついた性格の持ち主だということになる。なにより、猫の飼い主同士なら、同類相哀れむで、もめごともおこりづらいと踏んだのが、いまのところは見事に当たっているんだなあ。でも、この縛りには、ひとつ盲点というか、いずれ発生してしまう課題があるんですが、律子さん、わかりますか？」

四階にある知花先輩のおばあさんの部屋で、ほがらかに話し続けていた松田さんがわたしに質問をむけてきた。

「猫が逃げてしまった場合ですか」と答えながら、わたしは正解がわかった。でも、ビリーの飼い主であるおばあさんの前でそれを言うのはためらわれた。

「うん、知花さんの後輩だけあって、律子さんも、まっとうな方ですね」

胸のうちを読まれたうえに正面から褒められて、わたしは顔がほてった。

「そうです。飼い猫に逃げられるか、飼い猫に死なれてしまい、もう猫は飼いたくないという場合、ここを出なければならないのかという問題については、おいおい考えていこうと思っています。ぼくとしては、ぜひ新しい猫を飼ってほしいけれど、気持ちの切り替えはそう簡単にできないでしょうからね。ですから、入居時に猫を飼っていればよしというふうに解釈して、契約を更新していくことになるのでしょう」

神妙に言うと、松田さんは紅茶をすすった。そして、またほがらかに話し続けた。

なにはともあれ、資産家であるオーナーは松田さんの提案を持ち帰り、一族の会議にかけた。その結果、すばらしいアイディアなので、ぜひお願いしたいとの回答があった。

「関谷《せきや》さんという御一家なんですが、一族のなかに猫好きの方がおられて、その方の耳にうまく入ったんじゃないかと思っているんです」

そこで地元紙に広告を載せると、すぐに大きな反響があった。

猫の同居が条件の賃貸マンションには、十六部屋に対して五十名を超える応募があり、新聞やテレビでも取り上げられた。

オーナーは大喜びで、松田さんにマンション一階への入居を求めた。管理人をつとめてくれるなら家賃は無用、今後も不動産の運用について、もろもろの相談に乗ってもらいたいとの申し出を受けて、松田さんは東京と長崎を行き来する暮らしに終止符を打った。

二階から六階の十五室は、公平を期して、部屋ごとに抽選で入居者を決めた。知花先輩のおばあさんは、若いころからくじ運が強くて、今回もまた幸運を引き当てたそうだ。

「あの、ひとつうかがってもいいでしょうか」

わたしが言うと、松田さんが笑顔でうなずいた。

「おとぎ噺のようというか、めでたしめでたしですけれど、知花先輩によると、松田さんは猫を飼っていないし、飼ったこともないんですよね。それで、どうやって猫に詳しくなったんですか」

知花先輩のかねてよりの疑問を代わりにぶつけると、松田さんはいたずらが見つかったこどものような顔をしてみせた。

「おっと、もうこんな時間だ。それでは、ぼくはここで失礼します。母校の勇敢な後輩が、元気を取り戻してくれたなら、なにより。でも、律子さんは、これからも大なり小なり、しんどい目に遭うんでしょう。気がむきましたら、ぜひまた、おしゃべりにおいでください」

恭しくお辞儀をして、松田さんは玄関にむかった。知花先輩があとを追い、「わたし、下まで送ってきます」という声がして、ドアが閉まった。

「あの子の父親は、あの子が生まれてすぐに交通事故で死んでしまったから、あの方を父親に見立てて、甘えているのよ」

知花先輩の家庭について、わたしはなにも知らなかった。高校卒業後は、中学校の教員を目ざし、長崎大学教育学部で学んでいる。おばあさんは小学校の先生、おかあさんは中学校の先生だというのは、さっき初めて聞いた。

「でも、男性としても好きみたいね」

おばあさんがこともなげに言うと、サバトラ猫のビリーが「にゃあ」と鳴いた。

「ほら、この子にもバレてる」

そう言って微笑《ほほえ》んだおばあさんが、「あら、あなたも？」と聞いてきた。

「気になるひとですし、もっと話したいと思いますが、歳が離れすぎていて、好きというところまでいくかどうか」

わたしは努めて冷静に答えた。

「知花が話していたとおり、あなたはとても賢明ね」と言ったあと、おばあさんは続けた。

「あの方はね、商才はあるみたいだけれど、女性に対しては、本当に優柔不断なんでしょ。そこを見抜いて、じょうずに盛り立ててくれる女性ならまだしも、世の中でひと働きしようというヴァイタリティのある女性には物足りないんじゃないかしら。きっと猫好きの女性としまりなく交際していて、最後に手厳しくふられちゃったのよ。それを引きずっているから、あの歳まで独身なんでしょ」

亡き祖母を彷彿《ほうふつ》とさせる辛辣な見解にも一理ある気がしたが、わたしは松田さんに懐の深いやさしさを感じていた。

父は勝気な娘の将来がただただ心配なのだろう。高校の先生たちにとって、わたしはもはや手に負えない生徒であり、勝手にしてくれということのようだ。

でも、松田さんには、わたしがこの先に遭うさまざまな試練が、わたしが傷つく姿とともに、具体的に見えているのではないだろうか。にもかかわらず、それは止められないし、止めるべきではないと考えてくれているのだ。

松田さんがどんな女性とどんなふうに交際してきたのかを知りたいとは思わない。ただ、ときに優柔不断でありながら、独自の生き方を貫いてきたひとだからこそ、猫と同居の賃貸マンションという、とびきりのアイディアを実現させることができたのだ。

「律子さん、誤解しないでね。いまこのマンションに入っているひとたちは、ひとり残らず、一匹残らず、あの方に感謝しているのよ。あの方ね、母校での破廉恥極まりない事件を知って、あなたが心配になったんですって。それで知花に、あなたのことを、いろいろ聞いていたそうよ」

おばあさんの膝のうえでビリーが大きなあくびをした。

午後二時に知花先輩と待ち合わせて、路面電車の浦上駅からほど近いマンションの四階に通されたとき、ビリーは椅子のクッションで丸くなっていた。

薄目を開けてこちらを見ると、ビリーはやれやれ仕方ないというように起きて、四本の脚を突っ張らせた。胴体がUの字を逆にしたかたちに伸び、わたしは猫の柔軟さに目を丸くした。

そのあと、わたしが持ってきたカステラを食べながら、知花先輩とおばあさんの三人で話していると、椅子のクッションで居眠りをしていたビリーが起きて、三人の前をゆうゆうと横切った。そして玄関のほうにむかい、ほどなく戻ってきて、またクッションに乗った。

おばあさんが腰を浮かす前に、知花先輩が立った。

「ビリーが用を足したの。猫って、たいした生きものよね。ひとみたいに、紙だの、ウォシュレットだのを使わなくても、お尻に汚れが残らないの。猫がこんなに気丈でいられるのは、そのせいだって思うわ」

知花先輩のおばあさんはビリーが自分の先達であるかのように言った。そしてビリーと一緒にいると、小ずるいまねをしないで、まっとうに生きていこうと思うのだと、自分に言い聞かせるように語った。

「ほら、蝶になった夢から覚めて、ひとである自分が蝶になった夢を見たのか、それとも蝶である自分がひとになった夢を見ているのか、どっちだろうって、ふしぎに思う、中国の昔話があるでしょ」

おばあさんに聞かれて、「荘子です。古代中国の思想家で、老子と並び称される」とわたしは答えた。

「そうそう、その荘子。わたしね、ビリーと入れ替われたらって、本気で思うわ。ほかにしたいことはないけれど、たまに猫になるのが夢ね。いまだって、この部屋でうつらうつらしているだけだから、ほとんど猫と変わらないようなものだけれど」

松田さんがあらわれたのはそのあとで、そこからは四人でのおしゃべりになった。

「ねえ、いい話を聞いちゃった」

お気に入りの年上男性を一階まで送ってきた知花先輩は潑剌《はつらつ》としていた。そして松田さんは、このマンションのオーナーと共同で、今度は犬をつれて泊まれるホテルを経営しようと思っているのだと、さも誇らしげに話したのだった。

「お姉ちゃん、うちに来る猫の話は？」

適宜端折《はしょ》りながら、ひとしきり話したところで、彩子が文句を言った。

「ごめん、それはこれから」と謝り、わたしは洗面所にむかった。そしてテーブルに戻ると、飼い主を募集している三匹の子猫について話した。

マンションの住人のなかに世話好きなひとがいて、知り合いの家で生まれた子猫の引き取り手を募集している。猫は無料だが、一歳になったところで去勢もしくは避妊手術を施すことと、年に一度写真を撮り、電子メールに添付して、その方に送る義務がある。なかには虐待が目的で子猫を引き取るひともいるからだ。

「なんだかさあ、ちゃんとしたひとと、とんでもないひとの差がすごいよね」

そう言って、彩子がため息をついた。

「それで、本当に猫を飼うのかい？」と父に聞かれて、わたしは首を振った。

「やっぱり東京の大学に行かせてください。いま、決心が付いたの。だから、わたしは猫を飼いたいとは言えないわ」

「それなら、わたしが飼う。リツ姉がいなくなったら、つまらないもの。それに、前から猫を飼いたいと思っていたの。だから、どの猫にするかは、わたしに決めさせて」

頬を染めた彩子が大きな目で父と母に訴えた。

「じゃあ、そうしようか。でも、飼う前に、みんなで猫を飼うことについて、しっかり勉強しよう」

父がいかにも父らしい生真面目さで応じた。

この家に子猫がいたら、気がまぎれて、どんなに助かるだろうと、わたしは思った。今夜から、本気で大学受験に取り組むのだ。気が立つこともあるはずで、そんなときこそ、われ関せずという、猫のたたずまいに救われるにちがいない。

ただ、そのたびに、猫との縁ができたいきさつを思いだすのは、鬱陶しいことこのうえない。廊下を逃げる黒づくめの男、怖い目でわたしをにらむヒデキ、それに膝から崩れ落ちた教頭の姿が、わたしの脳裏に浮かんだ。

日向子はどうしているだろう。子猫が来たら、うちに呼んであげよう。あの子は、猫が好きみたいだから。

気持ちが自然に動いているのがわかり、わたしはうれしかった。

「ごちそうさまでした」

お皿を流しに運び、窓の外に広がる長崎湾に目をむけると、灯りを光らせた船が行き交うのが見えた。

再来年の春には、この家をでて、遠く離れた東京に行くのだ。彩子が飼う子猫もかわいいだろうが、わたしにとっての猫はビリーだ。

帰省したときは、きょうのように知花先輩のおばあさんを訪ねて、ビリーのいる部屋で、松田さんを交えた四人でおしゃべりをしたい。東京で大学生活を送っても、自分を見失わず、松田さんに相手をしてもらえる女性でいたい。

頭のなかで願うと、「にゃあ」と鳴くビリーの声が耳に聞こえた。

第七話　逃げればいい

「あらまあ、全国一斉休校ですって。来週の月曜日から」

夕方のニュース番組をテレビで見ていたシゲルさんが驚いた声で言った。

「急よねえ。きっと、事前の根回しも、ろくにしてないんでしょ」

木曜日の午後六時半、開店の三十分前とあって、お客さんはまだ来ていない。

ここは新宿二丁目のゲイバー『道中』だ。雑居ビルの五階にあり、客の出はいつも遅い。新聞、テレビ、ラジオといったマスコミ関係者や、週刊誌の編集者が常連で、午後九時ころに来れば早いほうだ。日付が変わる前後にあらわれて、始発が動きだす時刻まで飲んでいるひともいるから、先は長い。

ぼくは料理の担当で、接客はしない。お客さんがいないときだけ、カウンターに出てきて、おしゃべりに加わる。

四年前、高校を一年生の一学期で中退し、翌年四月から二年間、調理師専門学校に通った。『道中』で働きだしたのは去年の四月一日からだ。スパイスのきいたチキンカレー、チーズとアボカドたっぷりのハンバーガー、それに牛モツとレンズ豆のトマト煮込みが、この店の定番メニューだ。

ぼくの腕前はなかなかで、いまのところ常連さんたちから不満の声はあがっていない。きょうは二月二十七日。あとひと月ほどで、つとめて丸一年になる。

シゲルさんたちは男性として生まれたが、女性になりたいと願い、女装をして、女ことばで話す。ぼくは逆で、女性として誕生したけれど、男性の格好でいるほうがしっくりくる。

どちらも、性同一性障害＝トランスジェンダーとカテゴライズされていても、事情も傾向も千差万別だ。

じっさい、ぼくは、シゲルさんたちのように恋愛に熱心ではない。男性にも、女性にも、性的な興味が湧かない。厨房《ちゅうぼう》に隠れているのは、そのせいでもある。

テレビでは首相の会見が続いていた。

「出たわね、アベちゃんお得意のスタンドプレイが。平時の備えをおろそかにしておいて、ことが起きると、官邸主導で、わたしが解決します、わたしに任せてくださいってしゃしゃり出るんだから、ずうずうしいったら、ありゃしない」

首相を辛辣に批判したのはハルオさんだ。

「一斉休校は、公立の小中学校と高校、それに特別支援学校が対象だって言ってるけど、自分たちは授業をやりますって異を唱える私立はないだろうし、幼稚園や保育園だって、足並みを揃えることになるから、小さい子のいる親たちは、突然の発表に頭を抱えているんじゃないかしら。大学だって、右にならえで、休校にせざるを得ないわよね」

心配そうに言ったタカシさんが、「きっと、水商売もあがったりになるわよ」と続けた。

「だって、首相の一言で、四日後から、日本中の学校が休みになっちゃうのよ。つぎは夜の街に出るなって言いだすに決まってるじゃない。政治家って連中は、右も左も、自分がくだす命令に、ひとびとを従わせるのが大好きなんだから」

中国の武漢《ぶかん》で、未知のウイルスによる肺炎を発症した患者がいるとの報道があったのは、去年の大晦日だ。そして、今年の一月十五日には、日本国内で初の新型コロナウイルス感染者が確認された。

その後、国内の感染者は欧米諸国に比べて抑えられてきたが、二月に入り、船内で新型コロナウイルスが蔓延《まんえん》した豪華客船ダイヤモンド・プリンセス号が横浜港に帰港したことで、日本中が騒然となった。

「ぼくは、卒業式ができるかどうかが気になります。高校は一年の一学期で中退しちゃったから、中学校の卒業式がとくに思い出に残っていて、とても大切な行事だから」

「エーイチ、そこはイベントって言うのよ。十代のあんたが、『行事』なんて、古くさいことばを使ってどうするの」

首相への怒りが収まらないタカシさんが、ぼくに当たってきた。古い、新しいを気にすること自体、古くさいと思うのだが、ぼくは口ごたえをしなかった。

シゲルさん、ハルオさん、タカシさんは、三者三様の服で店に出ている。スリムなシゲルさんはワンピース、中肉中背のハルオさんはヨージヤマモトでかためて、つまり黒づくめ。上背があるタカシさんはケンゾーのカラフルなシャツとパンツだ。

三人とも、派手なメイクはしていない。カツラやウイッグもつけていない。つまり、ドラァグクイーンのようなきわものっぽさはなくて、それぞれ好みの服を着こなしている。

対するぼくは、グレーのトレーナーにデニムを合わせただけだ。ファッションに関心はなく、こざっぱりしている服であれば、なんでもいい。胸はぺったんこ、骨盤も大きくないので、外を歩いていても、ふつうに男の子に見られていると思う。

靴は、底が薄目のトレーニングシューズを履いている。幼稚園のころからサッカーをしていたので、バッシュのように足全体をおおうタイプの靴は履いたことがない。

「このぶんだと、ブン屋さんたちは、朝刊に間に合わせるために記事を書くのに大忙しで、こっちに流れてくるのは、よっぽど遅いわね」

三人のなかでリーダー格のハルオさんがぼやき、「エーイチ、猫たちの相手をしてきてもいいわよ」と言った。

「はい」と明るく答えて、ぼくは奥の小部屋に入り、トレーナーとデニムのうえにナイロンのヤッケとズボンを着た。厨房に立つ衣服に、猫の毛をつけるわけにいかないからだ。

廊下に出て、五階から八階まで階段をかけのぼる。そこからは外階段を使って屋上に出て、照明をつける。そのとたん、ペントハウスの猫たちがぼくを見た。

床にすわっている猫もいれば、室内に渡された梁《はり》を歩いている猫もいる。ソファの背に乗っている猫もいる。その数、十八匹の猫たちが、みんなぼくを見ている。ガラス窓を通して鳴き声も聞こえる。

キジトラ、サバトラ、三毛といった和猫に、毛並みのいい外国産の猫たち。まさに種々雑多で、大きさもいろいろだ。唯一の共通点は、歌舞伎町界隈《かぶきちょうかいわい》で、エルヴィスさんに保護された猫であること。

このペントハウスの持ち主もエルヴィスさんで、台風で飛ばされないように、土台は極太のボルトで屋上の床面にしっかり固定されている。室内の温度と湿度はエアコンで調整されている。ドアは二重になっていて、ひとが出入りするさいに、猫に逃げだされる心配はない。

梁を十字に渡し、壁に爪とぎ用の板を貼ったのはエルヴィスさんだそうだ。壁の奥には隠し部屋があって、カプセルホテルくらいの空間になっている。

こうした情報から、エルヴィスさんを、猫が好きで、DIYが趣味のホストかなにかだと思うかもしれないが、その見立ては外れだ。

エルヴィスさんは水商売のひとではなく、ごみの収集で生計を立てている。毎朝早くに、みずから塵芥《じんかい》車を運転し、歓楽街から出た生ごみを回収して、清掃工場まで捨てにゆくのだ。デッキブラシで、ごみ捨て場の掃除もする。歌舞伎町界隈の衛生は、エルヴィスさんの奮闘によって守られているといっても過言ではない。

こう説明されて、どんな人物を想像するだろう。ひとつだけヒントをだすと、エルヴィスさんは外国人でもハーフでもなく、ごくふつうの日本人だ。

ぼくがその質問をむけられたのは、『道中』で働きだして二ヵ月がすぎた去年の六月初めだった。

店のルーティーンや、夜型の生活、それに猫たちの世話にも少しは慣れて、以前から気になっていた、ペントハウスの持ち主にして、猫の飼い主でもある人物について、開店前の時間に聞いてみたのだ。

まずは「エルヴィス」という名前に驚いた。日本人だそうだから、本名でないのは当然としても、みずから名乗っているわけではなく、みんながそう呼んでいる通称なのだと説明されて、二度驚いた。

シゲルさん、ハルオさん、タカシさんはそれぞれ音楽に一家言がある。店でも古今東西の音楽がかかっていて、とても楽しい。料理の手が空いたとき、ぼくはCDのライナーノーツを読んでいて、おかげで音楽に関する知識が増えた。

サッカーばかりしてきたので、ぼくはエルヴィス・プレスリーの"Hound Dog"や"Love Me Tender"も『道中』で初めて聴いた。そして、いかしたリズムと、たぐいまれな美声に感動した。

だから、「エルヴィス」という名前から、ぼくはすなおにロックの帝王エルヴィス・プレスリーを思い浮かべた。ただし、年甲斐《としがい》もなく、少なめの髪をリーゼントに決めた、五十代半ばの、小太りの中年男性を想像したところ、「ありきたりな発想よねえ」とシゲルさんにバカにされた。

「エーイチ。あしたの朝、そうね、五時五十分に、歌舞伎町のどこでもいいから、生ごみでパンパンになったポリ袋が置かれている場所に立っていてごらんなさい。そうしたら、かならずエルヴィスに会えるから」

シゲルさんが一転してまじめな顔で言った。

「あの、その方の特徴は」

ぼくが聞くと、「エーイチには一瞬でわかるはずよ」とシゲルさんが断言した。

「あなたが、これまで一度も目にしたことのないタイプのひとがそこにいるから」

ハルオさんも上気した顔で言った。

「でもね、エーイチ。絶対に、仕事中のエルヴィスに話しかけちゃダメよ。あいさつだって、ダメ。あなたが、SJ《エスジェイ》の教え子ということでは、エルヴィスの後輩にあたるとしても、それはダメ」

タカシさんの忠告に、ハルオさんとシゲルさんが神妙な顔でうなずいた。

ぼくからすると、ゲイバーのメッカ、新宿二丁目でカウンターに立つ三人は、まさに怖いもの知らずに見える。ところが三人は、エルヴィスさんを、雲のうえの存在だと思っているようなのだ。

「ひとつだけ、聞いていいでしょうか。エルヴィスさんは、おいくつなんでしょう」

てっきり三人より年上だと思って聞くと、「わたしたちより、十は下よね」とシゲルさんが答えた。

「ということは、まだ二十代後半ですか」

ぼくの感想に、三人はなんの反応も示さなかった。そして、エルヴィスさんについて、それ以上はなにも教えてくれなかった。

つまり、自分の目でたしかめてきなさい、百聞は一見に如《し》かずというわけだ。

厨房に戻ったぼくは、エルヴィスさんの人物像を想像するのをいったんやめにした。かわりに考えたのは、SJこと佐藤順子先生についてだ。埼玉県の高校教諭で、ぼくが会ったときは校長になっていた。もとは物理を教えていたそうだ。

順子先生の義父、つまり夫の父親にあたる岸川典光弁護士に伴われて、去年の三月、ぼくが初めて『道中』を訪れたとき、シゲルさん、ハルオさん、タカシさんは三人とも三十八歳だと紹介された。しかも三人ともが元高校球児で、埼玉県大会に出場しているという。

「まったく、典光はおしゃべりよね。いくら、エーイチをなごませるためでも、野球部だったことまでばらすのは許せないわ」

岸川弁護士が帰ったあとの『道中』で、三人はさんざん文句を言った。もっとも、それは老弁護士に厚い信頼を寄せているからこそであるのは、口ぶりから伝わってきた。

およそ二十年前、ゲイであることを別々に自覚した三人は、佐藤順子先生によって引き合わされた。そして順子先生は義父である岸川弁護士に頼んで親たちを説得してもらい、三人が『道中』を開くまでの手助けもしてもらったという。

ぼくも岸川弁護士の紹介で『道中』で働くことになった。ただし、親との話し合いはしていない。父は、実の娘であるぼくに対する傷害罪で刑務所に入っていたからだ。

「無抵抗の年少者への、殺意さえ感じられる、執拗かつ一方的な暴力」と判決文で糾弾された行為により、父は懲役三年の実刑判決を受けた。それなのに、父は模範囚として二年半で釈放された。いまから四ヵ月ほど前のことだ。

再犯となれば、刑は格段に重くなるが、父はどんな暴挙に出ないともかぎらない。どんな手をつかってでも、ぼくの居場所を突きとめようとするかもしれない。

だから、ぼくはいつでも新宿を離れる準備ができている。来年の六月で二十歳になり、自分でアパートを借りられるようになったら、父の手が及ばない遠い土地に移り住むつもりだ。

『ＳＪプロジェクト』と、いつしか呼ばれるようになった組織は、日本中に支援者がいて、トランスジェンダーであるがゆえに家族からうとまれ、迫害を受けてきた少年少女の逃亡と自立を助けている。

佐藤順子先生が、最初に助けたのは、先生に恋心をいだいた女子生徒だったそうだ。いわゆるレズビアンで、順子先生が既婚者であると知りながら、好意を打ち明けてきた。初めてのことに驚き、順子先生は夫と義父に相談をした。岸川弁護士がそうした方面に詳しい医師を探し、助言を求めたところ、順子先生と同じ年の尾崎医師は、対応を間違うと、女子生徒を追いつめる恐れがあるので、慎重にも慎重を期すべきと忠告した。

事実、その女子生徒は自殺未遂を図った。さいわい一命を取り留めて、それが契機となり、岸川弁護士と尾崎医師、それに順子先生も同席した場で、家族に事情を打ち明けた。

ところが両親は娘の訴えに耳を貸さなかった。兄と妹も気味悪がるだけだった。女子生徒は家族と別れて、ひとりで生きてゆくことを決意する。岸川弁護士と尾崎医師が手を尽くして、女子生徒の自立を助けた。順子先生も協力を惜しまなかったそうだ。以来、順子先生は独特のアンテナが働くようになった。ただし、自分から探りは入れない。性はゆらぐもので、一時期はトランスジェンダーに傾いても、もとに戻る場合も少なくないからだ。

しかし、傾きが強まってゆき、ストレスや不安感から、なにがしかの問題行動をとってしまうことがある。そのタイミングで、それとなく話をむけて、じっさいにトランスジェンダーの傾向が強いならば、それを踏まえて、どのように周囲に理解を求めてゆくかの相談に乗ってゆく。

尾崎先生は、順子先生自身の身の安全を第一に図ることを、しつこいほど念押ししたそうだ。わが子に対する親の愛情は非常に強く、それゆえに大きくゆがんでしまうこともあるからだ。親に逆恨みをされて、怒りのはけ口にされないように、この活動については、よほど信頼がおける教員仲間にも知らせないほうがいい。

「わたしの経験からしても、医師や弁護士に比べて、学校の先生というのは、じつにルーズというか、危機感が足りませんから」

その忠告を肝に銘じて、順子先生はことに処してきた。ただ、同じような事例に直面している教員はあちこちにいて、自然につながりが生まれた。『道中』の三人を引き合わせることになったのも、そうしたつながりからだという。

ぼくは、いまのところ、女性の服を着たいとは思わない。しかし思春期のあいだは、性は未決定だと考えて、男性ホルモンの注射は控えたほうがいいとのアドバイスを、尾崎先生から受けていた。

ぼく自身、いまの状態に不満はないので、当分はこのままでいいと思っている。

それにしても、ぼくの父のトランスジェンダーにむける怒りは異常だった。ぼくが女性らしくしていたら、その怒りが爆発することもなかったのだろうが、殴られ、蹴られ、踏みつけられた者としては、父に対して寛容になることはできない。

父はサッカーの強豪校の出身で、大学でもサッカー部に所属していたそうだ。そして企業に勤めるかたわら、小学校の校庭で、少年サッカーチームのコーチをしていた。ぼくのキックやトラップの正確な技術、それに判断力の速さは、父の指導によって開花したものだ。

かわいそうだったのは、三つうえの兄だ。父親の期待にこたえようと努力してきたのに、走力やキック力でははるかに劣る妹がドリブルするボールをどうやっても奪えないのである。おそらく、兄はいまも家にひきこもって、コンピューターゲームばかりしているだろう。

父の関心のすべてが自分にむけられているとかんじるのは、じつに居心地の悪い状態だった。それでもサッカーは楽しくて、中学生になったぼくはJリーグのチームを母体とするクラブチームに所属して、自慢のドリブルで相手を抜きまくった。有望な中学生が全国から集められた合宿と練習試合でも活躍し、U－15女子サッカーの日本代表に選ばれた。

そのときの、父の勝ち誇った顔は忘れられない。女子サッカーの強豪校からもスカウトを受けたが、父は自分が育てた娘を手放そうとしなかった。

「将来性豊かなアスリートが、勝利至上主義の指導者によって潰された例は腐るほどある。ポジションが同じ上級生が、紅白戦でハードなタックルをしてきたりもするらしい。なにより、女性の場合、からだのバランスが微妙な高校時代は無理をしないほうがいい。過剰な練習により、腰や膝や足首を痛めたら、それが古傷となって、一生付きまとうのだ。だから、県立高校に進んで、陸上部に所属し、足腰を鍛えて、サッカーは日本代表の合宿ですれば十分なのではないか」

中学二年生の夏休みに、おおよそそうした意味のことを父に言われたときには、自分が他の女子とはちがうという自覚があった。ぼくは喜んで父の勧めに従い、近くの県立高校を目ざすことにした。

高校生になると、女性としてふるまうことへの嫌悪感は日に日につのった。その一方で走力は増し、八百メートル走と千五百メートル走で県大会に出場して、父を喜ばせた。

名門校やクラブチームに所属していなくても、女子サッカーの年代別代表候補に選ばれて、これまでと同様に中心選手として扱われていた。

ぼくだって、どうにかして『なでしこジャパン』入りを果たして、オリンピックやワールドカップで活躍したいとも思った。しかし、そうした夢や栄誉がなんの意味も持たなくなるほど、女性でいるのがいやになってしまったのだ。これは、わが身で性のゆらぎを経験したひとでないとわからないのではないかと思う。

ぼくに甘さがあったとすれば、周囲にたくさんのひとたちがいる場で打ち明ければ、父も怒れないだろうと思ったことだ。

「おとうさん、わたし、たぶん、男の子になりかけているんだと思う。制服のスカートをはくのが、ものすごくいやだし、自分が女子チームに入れられているのも、すごく変な気がするんだよね。それに男子に対して、なんの感情もわかないし」

十六歳の誕生日を間近に控えた日曜日の午前十時、母校である小学校の校庭で発したことばを思いかえすと、自分があまりに無防備だったことに呆れてしまう。

そこまでオープンに打ち明けたのは、その少し前に、親との和解を果たした性同一性障害者がニュース番組でとりあげられていたからだ。

母は父に仕えるだけのひとだったから、ささいな相談をするのも無駄だと、幼いときからわかっていた。

「ねえ、聞いたことあるでしょ。英語ではトランスジェンダー、たぶん、あれじゃないかと思ってるんだよね。このあいだから、自分のことをエーイチって呼んでて、そうすると気持ちがおちつくんだ」

つぎの瞬間、父の拳がぼくの顔面をとらえた。地面に倒れたぼくに、父が馬乗りになり、無言のまま、拳を何度もふりおろしてきた。

意識を取り戻したとき、ぼくは病院のベッドに寝ていて、最初に見舞いにきてくれたのが、新任の校長である佐藤順子先生だった。

ぼくは鼻骨、頬骨《きょうこつ》、肋骨《ろっこつ》を骨折していて、医師や看護師、それに事情聴取に訪れた検察官とも筆談で話した。そして、顔の腫れがおおよそ引いたところで、順子先生から、SJプロジェクトの存在を知らされたのである。

その日も、順子先生は、家の庭で放し飼いにしている四匹の猫のことを話していたのに、気がつけば、ぼくの一生を決める重大な話題になっていた。まさか校長先生からそんなことを言われると思っていなかったので、これは夢ではなく現実なのだと理解するのに、けっこう時間がかかった。

順子先生だけでなく、尾崎先生も、二度三度と見舞いに来てくれた。やさしく聡明《そうめい》なふたりが親身に励ましてくれなければ、ぼくは生きるのをやめていたと思う。

夢のなかで、ぼくは何度となく父に殴られた。起きていても、すさまじい形相で容赦なく拳をふりおろす父の姿がふいに視界をおおう。

社会は、ああした憎悪を、今後もぼくにむけてくるにちがいない。それならば、先手を打って、あの世に逝ってしまえばいい。その衝動が完全に無くなったと言いきる自信は、いまのぼくにもない。

とにかく、岸川弁護士も交えて、順子先生や尾崎先生と何度も話し合った結果、退院後、ぼくは家に戻らず、高校も中退して、都内のシェルターから調理師学校に通うことになったのである。

岸川弁護士の働きにより、父はぼくが高校を卒業する学齢までの学費と生活費を支払うことを約束した書面に、刑務所内の面会室でサインしたという。

本当は、ぼくは断りたかったのだが、岸川弁護士から、未成年者が自立を果たすまでにどれほどのお金がかかるかを説かれて、しぶしぶ納得したのだ。

いまは、その勧めに心から感謝している。「先立つものは金」という格言は、残念ながら、人生の急所を言い当てている。なにをするにも、お金が必要なのだ。

調理師を目ざそうと思ったのは、日本代表の合宿や遠征での食事がとてもおいしかったからだ。スカートや、女性用の下着には猛烈な抵抗があったのに、家庭科の調理実習でするエプロンはふしぎと平気だったのだ。

ぼくは調理師学校に通い、無事に免許を取得した。その晩、シェルターであるマンションに帰ると、宅配便が届いていた。順子先生からで、小ぶりな包みのなかにはコップがひとつ入っていた。

淡い青色で、すっきりした形の、とても素敵なコップだ。ガラス作家であるご主人が作ったもので、大切なひとへの贈り物として、いろいろな方々にプレゼントしてきたと書かれていた。

その手書きの文面を読んだときは、思わず嫉妬心が湧いた。うそでもいいから、ぼくだけへのプレゼントであってほしかった。

でも、順子先生は長い年月にわたり、たくさんのひとたちを助けてきたから、ぼくのときにも的確に対応できたのだ。それに、ぼくと同じように、順子先生から淡い青色のコップをもらって、生き難い社会に耐えているひとたちが何人もいるのだ。そう考えると、気持ちがおちついた。

そして、調理師学校を卒業したぼくは、二十歳になるまでのあいだ、『道中』の厨房で働くことになったのである。


そうしたしだいで、去年の六月初めの朝早く、ぼくはエルヴィスさんに会うために歌舞伎町にむかった。

いつもなら、『道中』の控室でひと休みして、猫たちの世話をしたあとに、皇居までランニングをする時間だ。

女子選手としてサッカーを続ける気持ちはないが、ぼくはサッカーが嫌いになったわけではない。それに、せっかく鍛えた肉体を衰えさせたくない。また、ぼくのいまの住居は猫用ペントハウスの奥にある隠し部屋なので、入浴ができない。

そこで、朝早くに新宿から皇居まで走り、最寄りのランステ、ランナーズステーションでシャワーを浴びるという、一石二鳥の策を思いついたのだ。帰りは電車やバスを使い、カプセルホテルサイズの隠し部屋で眠りにつく。

スマホは、SJプロジェクトから支給されていた。現代社会を、スマホなしで生き抜くのは無理だからだ。それに、危険に遭遇した場合に助けを呼べる。

SJプロジェクトの運営資金は、『道中』の三人のように、プロジェクトの支援を受けて自立したひとたちからの寄付でまかなわれているという。

ぼくだって、一人前になったら、恩返しをしていくつもりだ。そして、いつか、順子先生とゆっくり話したい。

多忙さを知っているため、ぼくは『道中』で働きだしてから、順子先生と連絡をとっていなかった。メールも送っていない。それは、月に一度、岸川典光弁護士が『道中』に顔をだすせいでもある。

八十歳をすぎているのに現役の弁護士で、自宅は神奈川県藤沢市にある。毎月第二週は都内に宿をとり、まとめてひとに会い、もろもろの打ち合わせをしているそうだ。そして開店前の『道中』にあらわれる。

順子先生は元気にしていて、県立高校の数少ない女性校長として奮闘しているそうだ。六年前に、佐藤家の床下で生まれた四匹の猫たちは、去年から室内で飼われている。広い庭での、サバイバルな暮らしを満喫したのだから、そろそろ安全を考えてはいかがでしょうと、かかりつけの獣医師さんに忠告されたそうだ。ぼくのようすも、岸川弁護士が順子先生に話しているのだろう。

でも、エルヴィスさんと会えたら、そのことは自分で順子先生に報告したい。自分の近況だけ伝えるのに、先生の貴重な時間を奪うのは申しわけないが、エルヴィスさんについての情報もあるなら、順子先生も喜んでくれるはずだ。タカシさんによれば、エルヴィスさんはぼくと同じく順子先生が勤務する高校に通っていたそうだし、あのコップも持っているのだと思うと親近感が湧く。

そうしたことを考えながら、ぼくは新宿二丁目から歌舞伎町にむかって足を進めた。狭い厨房でひと晩働いたあとなので、外を歩くのが気持ちいい。

ただし、空気はおいしいとは言えない。さらに、日本一の歓楽街が近づくにつれて、アルコールと生ごみ、それに吐しゃ物も混じった、特有の匂いが強くなってゆく。

ぼくは、『道中』の三人のように、好んで新宿に来たわけではない。ただ、じっさいに住んでみて、ここはトランスジェンダーにとって、もってこいの場所だと納得した。この猥雑《わいざつ》極まりない街では、素性も事情も詮索されずにすむからだ。

それでいて、ぼくには『道中』という居場所がある。岸川弁護士にも、ちょくちょく会える。でも、二年後に二十歳になって新宿を離れたら、見知らぬ場所で、ひとりで生きていかなければならないのだ。

遠からず訪れる旅立ちに不安を覚えながら、ぼくがビルとビルのあいだの細い道を抜け出たとき、白い塵芥車が通りのむこう側に止まった。

そして、運転席から、白いツナギを着た細身のひとがおりたと思うと、路肩に置かれた大きなポリ袋を塵芥車の後部に投げ入れてゆく。

「エルヴィスさんだ」

シゲルさんが言ったとおり、ぼくは一瞬でわかった。白いゴム手袋をして、白い編み上げ靴を履いたひとの俊敏で力強い動きに、ぼくは魅入られた。

白一色の出で立《い》《た》ちなので、黒く輝くリーゼントがひときわ映える。グリースで固めた髪にきれいに櫛《くし》が通って、激しい動作にも一切乱れない。

十五メートルほど離れているため、エルヴィスさんの顔ははっきり見えない。でも、鼻が高くて、美形であるのは間違いない。眉は整えているようだが、化粧っけはなく、口紅も引いていない。身長は、ぼくと同じく百六十センチ前後、すらりとしていて、脚が長い。

（ぼくと同じだ。女性として生まれたのに、女性であることに違和感をいだくひとなんだ）

七、八個のポリ袋を投げ入れてしまうと、エルヴィスさんは塵芥車の下からデッキブラシを抜き取り、一帯をこすりだした。そしてビルの角にある蛇口をひねり、ホースで水を撒いた。いずれの動作も無駄がなく、最短時間で済ませようという気迫がみなぎっている。

蛇口を閉めると、エルヴィスさんはデッキブラシを車の下に戻し、運転席に飛び乗って、塵芥車を発進させた。ぼくは気づかれないようにあとを追った。

白い塵芥車は二十メートルも行かずに停まり、エルヴィスさんはさっきと同じ作業を繰り返した。歓楽街の生ごみに特有の匂いにひるむことなくデッキブラシを使い、運転席に飛び乗った。そして、生ごみが入ったポリ袋がおかれた場所で停止しては、地面におり、塵芥車の後部にまわり、ポリ袋を投げ入れてゆく。

これまでにも、ごみの収集作業は見たことがある。でも、一般家庭から出る生ごみなので、ここまでの匂いはしなかった。作業員たちも、それなりに素早く動いていたのをおぼえている。

しかし、エルヴィスさんが発する気迫とパワーは桁違いだ。サッカー選手にだって、これほどのオーラをだしてピッチを走るひとは、そう多くない。

サッカーは十一人どうしで戦うスポーツだ。それにコートも広く、試合時間も長い。U－15女子の試合でも、前後半三十分ずつ、計六十分もある。当然、つねにトップスピードで走るわけにはいかず、味方と連携を図って、相手の攻撃を効率よく抑え込み、自分たちの攻撃を組み立てる。そして、チャンスと見るや、一気にスピードをあげて、相手のゴールに迫る。

ぼくは切れ味鋭いドリブルが持ち味のサイドアタッカーだった。だから、相手のサイドバックを圧倒して、ほとんど守備をしない試合も多かった。

そして、自分のアシストやシュートでゴールを奪い、みんなで喜び合う。コーチたちも、親たちも、大喜びだ。苦しい練習は、勝利によって報われるのだ。

しかし、塵芥車によるごみ収集作業に注目しているひとなどいはしない。それに、ここまでペースをあげなくても、間に合わないということはないはずだ。

(エルヴィスさんは、なんのために、これほどがんばっているんだろう)

自慢の脚力で塵芥車を追いかけながら、ぼくの頭はその疑問で占められた。あれほどのスタイルと美貌なら、お店に出れば、ナンバーワンになって、大金持ちになれるはずだ。

それとも、その点もぼくと同じで、男性にも女性にも興味がないのだろうか。だからといって、こんなに過酷な仕事につく必要はないはずだ。ましてや、たったひとりで、ここまで懸命に働く必要はない。

助手を雇い、自分は運転手役に徹するとか、収集役と運転手役を交代でするとかいった方法だってとれるはずだ。

それとも、そんなにお金が要るのだろうか。

いや、あんなペントハウスを建てて、十八匹の猫のエサ代やトイレ用の紙砂代までだしているのだから、お金に困っているはずがない。

ひと晩、立ちっぱなしで働いたあとだったので、ぼくの足はやがて止まった。そして、のろのろ歩いて『道中』に戻り、お湯で濡らしたタオルでからだを拭いた。

（あなたが、これまで一度も目にしたことのないタイプのひとがそこにいるから）

ハルオさんのことばが頭のなかで反響した。

エルヴィスさんから受けた衝撃は途轍《とてつ》もなく大きくて、ぼくはこのまま調理師を続けていいのかわからなくなりそうだった。それでもペントハウスの隠し部屋で横になると、すぐに眠りに引き込まれた。

「その顔からすると、エルヴィスに会えたのね」

厨房に入ってきたハルオさんに聞かれて、ぼくはうなずいた。

しかし、手は止めずに、ハチノスの掃除を続ける。牛にある四つの胃袋のひとつで、ハチの巣状の襞《ひだ》が特徴だ。安くておいしいが、付着している細かな内容物を取り去るのにとても手間がかかる。

昼すぎに起きだして、まずはチキンカレーをつくり、十五分ほど前から、モツ煮の下ごしらえに取りかかったところだった。料理は仕入れと下ごしらえで八割がた決まる。質の良い食材がなければ始まらないし、下ごしらえがきちんとできていない材料には腕のふるいようがないからだ。

火を使っての調理が試合だとすれば、仕入れと下ごしらえはトレーニングだ。試合があるから、トレーニングにも熱が入るのだし、充実したトレーニングからしか、試合での華麗なパフォーマンスは生まれない。

シンクのむこうに置いた目覚まし時計は三時十六分を指している。三人が店に入るのは午後五時前だから、ハルオさんはかなり早く出てきたことになる。

仕事着のヨージヤマモトではなく、ヴィンテージのアロハシャツに生成りの綿パンというラフな格好だ。こういうときのハルオさんは、ゲイというより、肩の力が抜けた、話のわかるおじさんというかんじがする。

「そのままでいいから、わたしの話を聞いてちょうだい。でも、聞きたくないと思ったら、右手をあげて」

ハルオさんは、いつでもフェアだ。ぼくが黙ってハチノスの掃除を続けていると、

「わたしたちがエルヴィスと知り合ったときのことを話すわね。でも、あの子の名前も、あの仕事の前になにをしていたかも、わたしたちは知らないのよ。エルヴィスはもちろんSJも典光も教えてくれなかったから」と言って薄く笑った。

面識ができたきっかけは、五年前の、順子先生からの電話だ。深夜零時にお店の固定電話が鳴って、コードレスの子機をとったのはハルオさんだった。

「あら、SJ」

久しぶりだったので、つい声が大きくなってしまい、シゲルさんとタカシさんが振り返った。お客さんが数人いたため、ハルオさんは奥の小部屋に入った。

「遅い時間に、ごめんなさい」

「いいわよ、そっちのほうが忙しいに決まってるんだから。でもね、SJ、仕事はほどほどにしないと、からだを壊すわよ」

「そのSJっていうの、言っているほうは、よっぽど楽しいみたいね」

順子先生は少しむくれてから、用件を話しだした。自分の元教え子で、女性でいることに違和感がある子がいる。理由も経緯もわからないが、塵芥車を手に入れて、去年から歌舞伎町でごみの収集を始めた。仕事は順調なのだが、保護しようと思っている猫がいて、もろもろの相談に乗ってくれるひとを紹介してほしいと頼まれた。

「かれは極端な無口だから、さぞかし迷惑をかけると思うけれど、どうか助けてあげてほしいって言われてね。ＳＪも、かれのほうから電話があったのが信じられないみたいだったわ。あと、気に食わない相手を、紋切り型で怒鳴りつけることがあるから、気をつけてとも言われたわね。少林寺拳法の使い手で、とにかく強いんですって」

そこでハルオさんが黙り、高そうなライターでタバコに火をつけた。タバコ嫌いのぼくは右手をあげそうになったが、ぐっとこらえた。

「エルヴィスは本当に無口でね。おまけに声も小さいの。初めてここに来たときは、シゲルがイライラしちゃって、なだめるのが大変だったわ」

タカシさんも短気なほうなので、おもにハルオさんが相手をした。

歌舞伎町界隈で生ごみの収集をするうちに、エルヴィスさんはのら猫がたくさんいることに気づいた。保護してやりたいが、猫たちを住ませる場所がない。どこか、屋上にペントハウスを建てさせてくれるビルはないだろうか。自分は口下手で交渉ができないので、力を貸してほしい。

「それだけを聞きだすのに、三十分以上かかったのよ。とにかく、その日はそれで帰ってもらって、翌朝三人で、こっそりエルヴィスの仕事ぶりを見に行ったの。そうしたら、あの迫力でしょ。シゲルなんて、涙が止まらなくなっちゃって、タカシも拳を握りしめて、恥ずかしながら、わたしも含めて、三人とも高校球児に戻っちゃったのよ」

ハルオさんが吐いたタバコの煙が厨房にたまっていく。でも、換気扇を回すのは、ちがう気もする。毎日これではたまらないが、一日だけなら、許容範囲ということにしておきたい。

「それで、またここに来てもらって、全面的に協力するって約束したの。弁護士も紹介するから、なにも心配はいらないって。そうしたら、かれが本当にやさしい目をしたの。わたしたち、うっとりしちゃってね。かれが帰ったあとに、『ねえ、見たでしょ。あの子のあの目。あの子、エルヴィスよ』ってシゲルが言って、タカシもわたしも頷いたの。だって、リーゼントにしているからって、そんじょそこらのイケメンを『エルヴィス』って呼ぶわけにはいかないわ。エルヴィスは特別なんだから」

続けてハルオさんは、このビルの屋上にペントハウスが建つまでのいきさつと、エルヴィスさんがつぎつぎにのら猫を捕まえたようすを話した。猫のほうから近寄ってきて、エルヴィスさんに抱きあげられると、そのまま塵芥車の運転席に入ってしまう。

どの猫もやせていて、毛並みも悪かったのに、エルヴィスさんの世話でみるみる元気になった。子猫が生まれたら大変なので、獣医師に来てもらって、不妊手術もほどこした。最初の一年、エルヴィスさんは猫たちと一緒にペントハウスで暮らしていた。

いまは、別に住居があるらしいが、どのあたりかもわからない。塵芥車は歌舞伎町の駐車場に置いていて、いつでもピカピカに磨かれている。

『神の道化師　フランチェスコ』って映画があってね。イタリア人のロベルト・ロッセリーニって監督が撮った、モノクロの、むかしの映画。わたし、アンナ・マニャーニを捨てて、バーグマンと一緒になったロッセリーニは基本的に許せないんだけど、『神の道化師　フランチェスコ』は素晴らしい映画よ。フランチェスコは熱心な修道士でね、清貧に徹して、小鳥や動物たちに愛されるの。それでね、エルヴィスは、ロッセリーニの映画のフランチェスコと、ちょっと雰囲気が似ているわ」

聞いたことのない人名ばかりで、映画の内容も見当がつかなかったが、ハルオさんのエルヴィスさんに対する愛情はよくわかった。

「わたしたちは、三人とも、恋とも、性とも離れられない。でも、エルヴィスやエーイチは、またちょっとちがうんでしょ」

それからハルオさんは不犯《ふぼん》について話した。かつて仏教の僧侶やキリスト教の修道士は、異性と一生交わらないことを誓い、実践した。つまり、修業を積み、悟りに達するためには、夫婦や親子といった関係は邪魔であり、深く高い教養は血や肉を介した繋がりとはちがう回路で伝えられてきたことになる。

ハルオさんの話は耳に入っていたが、ぼくには理解が及ばなかった。話はさらに、不妊手術を受けた猫たちの存在をどう考えるべきかという哲学的な方面にむかったところで、ぼくは右手をあげた。

「ハチノスの掃除が終わりました」

「あら、これからが大事なところなのに」

残念がるハルオさんを残して、ぼくは屋上にあがった。鍵でドアの錠を開け、靴を脱いでペントハウスに入ると、猫たちが寄ってきた。

脚にすり寄る猫もいれば、足の匂いを嗅いでくる猫もいる。肩に乗り、耳や襟足を舐めてくる猫もいる。撫でてくれと、お腹を見せて寝転がる猫もいる。

ハルオさんによると、不犯を誓った僧侶たちは、迷いを去って、悟りに至ることを願い、肉欲を遠ざけて、修業に励んだそうだ。

でも、じっさいは順序が逆だったのではないだろうか。存分に修業に励むうちに、しだいに肉欲が遠ざかり、ついには失《う》せてしまったのではないだろうか。

要は、他から強制されるのではなく、自分に適した、自分が納得するやり方で、世界と触れ合っていけばいいのだ。

エルヴィスさんがああして、ひとりで激しく働くのも、自分なりに納得のゆくやり方で、世界との接触を求めているからだろう。

それなら、ぼくはどうするのか。今後も、料理を第一の手段として、世のなかを渡ってゆくのだろうか。それとも、トランスジェンダーだとカミングアウトして、もう一度サッカーとかかわろうとするのだろうか。

父や母はともかく、ぼくのせいで引きこもってしまった兄をあのままにしてはおけないという気持ちも、胸の奥にはあった。

猫たちと戯れながら、あれこれ考えるうちに、エルヴィスさんから受けたインパクトはじょじょに収まっていった。

ペントハウスを出て、『道中』に戻ると、ハルオさんはいなかった。ぼくは下ごしらえが済んだハチノスを一口サイズに切って、レンズ豆と一緒に煮込んでいったのだった。

その後は、平穏な日々が続いた。来年の夏に開催される東京オリンピック２０２０にむけて、新宿駅をはじめ、どこもかしこも改装工事が進められていて、景気は悪くなかった。新宿二丁目も酔い客でにぎわっていた。

エルヴィスさんの姿は、あれきり見ていなかった。ただし、屋上のペントハウスには毎日のように来ているらしい。猫用トイレの掃除や、エサをあげた形跡があるからで、ぼくが店から動けない午後七時以降に、猫たちに会いに来ているのだろう。

ソファの背や、隠し部屋に、ポマードの香りが残っていることもあって、それに気づくたびに、ぼくは胸がときめいた。あのツナギ姿で、この狭い場所に寝ていたのだと思うと、からだがほてった。

ひょっとすると、ぼくは自分と同じ傾向を持つひとには恋心をおぼえるのかもしれない。

でも、エルヴィスさんと相思相愛になる姿は想像できなかった。ぼくがエルヴィスさんをどんなに好きになっても、エルヴィスさんがぼくを好きになることなど、絶対にありえない。

（うわあ、これって、片思いじゃん）

生まれて初めて訪れた感情に胸をときめかせながらも、ぼくは自分の将来を冷静に考えていた。

ヨーロッパ諸国やアメリカ合衆国では、トランスジェンダーの存在がじょじょに認められつつある。でも、日本やアジアの国々ではまだまだ忌避の感情が強い。

とくに男と女で二分されているスポーツ界に、トランスジェンダーの枠が設けられる日が来るかどうかはわからない。個人競技である陸上はともかく、チームスポーツであるサッカーは永遠に無理だという気がする。

そこで、ぼくが挑戦しようと思っているのが、エクストリームスポーツ、もしくはXゲームズと呼ばれている競技だ。スケートボード、BMX、スノーボードなど、個人で技を磨き、間近で見ている観客にアピールしながら、難度の高い技に挑んでいく。

スマホで映像を見ているだけなので、どの競技が自分にむいているかもわからない。でも、Xゲームズなら、ぼくのようなものを受け入れる余地もあるのではないだろうか。

ぼくはやはりスポーツが好きなのだ。

新宿を離れたあとは、ひとまず沖縄に行こうと思っている。石垣島の先にある竹富島には普久原由太郎さんというガラス作家がいて、順子先生のご主人のお師匠であり、SJプロジェクトの初期からの協力者だという。

竹富島に住むかどうかはわからないが、近場に信頼がおけるひとがいるのは心強い。それに順子先生は二、三年に一度、沖縄本島や石垣島、それに竹富島に家族旅行をしているというから、むこうで会えたらとてもうれしい。

沖縄では、Xゲームズがさかんではないようだが、それも好いほうに考えたい。すでにできあがっている場所に入っていくよりも、自分で始めるほうがいい。

なにより、那覇市は二〇一五年に全国に先がけて、『性の多様性を尊重する都市・なは宣言』、通称『レインボーなは宣言』をだしている。期待しすぎるのは禁物だが、情報を集めて、一度那覇に下見に行ってみたい。

しかしながら、明るい将来を夢見つつおくる日々は、新型コロナウイルスの蔓延によって、無残に打ち砕かれた。

二月二十七日に全国一斉休校が決定されたのに続き、三月十三日に「新型コロナウイルス特別措置法」が制定されると、三月二十五日には東京都知事によって、「夜間の外出自粛」が要請されたのである。

その夜の光景は忘れられない。不夜城と呼ばれた、日本最大の歓楽街からひとが消えたのだ。新宿伊勢丹をはじめとするデパートは自主的に休業し、パチンコ店は休業を半ば強要された。

ワクチン開発は、先進各国で、急ピッチで進められているというが、いつごろ注射が打てるようになるのかのメドは立っていなかった。それ以前にマスクが手に入らず、検査キットも足りないということで、日本社会はパニックの一歩手前という様相を呈しつつあったのである。

「店を畳むなら、早いほうがいいわね。こうしているあいだにも電気代やガス代が嵩《かさ》んでいくんだから」

最初に閉店を切りだしたのはタカシさんだった。三月二十七日の午後五時すぎで、きのうに続いて、今夜も店を開けることになっていた、

「わたしは、閉店はいや。だって、二丁目に自分たちの店をだそうって誓い合った二十年前から、本当に、血がにじむような思いで頑張ってきたんじゃない。常連さんもしっかりついているんだから、このまま続けることを考えるべきよ」

シゲルさんが涙声で訴えた。

「わたしは、デッドラインを決めて、シビアにやっていくべきだと思う」

そう切り出したハルオさんの分析はこうだ。

夜間の外出自粛はあくまで要請であって、強要はできない。強要する場合は多額の保証金が発生するからで、都も政府も休業に応じてくれた店には協力金を支払うという、中途半端な対応にとどまっている。

「だから、問題は、このビルのオーナーよね。オーナーが肚《はら》をくって、わたしたちが営業するのを許してくれるなら、そこそこやっていけると思うわ。ほかの店が閉めれば閉めるほど、開けている飲み屋は貴重になるんだから。でも、都の担当者がこのビルのオーナーにまでプレッシャーをかけてきたら、営業するのは不可能になると思う」

筋の通ったハルオさんの考えに、タカシさんがうなずいた。

「そうね。そのときはもう、あきらめるしかないわね」

シゲルさんが涙をふいた。

「エーイチはどうするつもり」

ハルオさんに聞かれたが、ぼくはすぐには答えなかった。まさか、こんなかたちで新宿を離れることになるとは思っていなかったからだ。ただし、父に襲われた場合に備えて荷造りはできている。それに、この一年間、お金はほとんど使っていなかったから、預金通帳には百万円くらいある。

「もしも、すぐに『道中』を閉めるなら、ひとまず竹富島に逃げます」

ぼくが言うと、「ミカズちゃんのお師匠のところね」とシゲルさんが応じた。

「そこで暮らしながら、新型コロナウイルスのなりゆきを見守って、働かせてくれる場所があるなら、なんでもやって食いつなぎます」

「いい答えね。それじゃあ、さっそくSJに連絡するといいわ。そして一日でも早く東京から出たほうがいいわよ。うかうかしているとロックダウンが宣言されて、居住している場所からの移動が禁止されかねないから」

そう言ったハルオさんに促されて、ぼくは順子先生に初めてメールを打った。返信が来たのは、日付が変わった午前二時すぎだった。

ぼくはペントハウスの隠し部屋にいて、着信音で目を覚ました。

〈エーイチ君、お久しぶり。義父から、頑張っていることは聞いています。学校も連日連夜、コロナの対応に追われています。由太郎さんには今日中に連絡をとります。昨日も夫が電話をしていたので、多分OKだと思います。〉

〈ありがとうございます。先生も気をつけてください。〉

短い返信を送り、安心して眠りに着いたぼくはなにか夢を見た。楽しい夢で、こんなにうれしいのはいつ以来だろうと思っていたときに、なにかの刺激で起こされた。

寝ぼけまなこでスマホを操作すると、ハルオさんからメールが届いていた。

〈エルヴィスが、このあと屋上に行くそうです。わたしは間に合わないし、来るなと言われました。だから、エーイチに任せます。〉

ぼくはいっぺんに目が覚めた。そして、勢いよく起きあがったせいで、隠し部屋の天井で頭を打った。スマホの右上には4：25と表示が出ている。

（急げ）

声には出さずに、ぼくは自分にハッパをかけた。だらしなく寝ている姿をエルヴィスさんに見られたくない。それに、ここに来たエルヴィスさんがなにをするのか、ぼくにはおおよそ想像がついた。それをするため以外に、こんな時間にここに来るはずがない。

（おい、おまえたち……）

胸のうちで十八匹の猫たちに語りかけたとき、外階段を駆けあがってくる強い足音がした。

（早すぎる。もうかよ）

ふだん、ぼくは五階から八階までビルのなかの階段を使い、八階から屋上まで外階段を使っている。でも、外階段は非常階段の役目も果たしているから、地上から屋上まで、外階段で来ることも可能なのだ。

ぼくはTシャツとトランクスのうえにトレーナーとデニムを着て、靴下を履いた。そして、いつでも逃げられるように荷造りを済ませたバッグをつかんで隠し部屋から出た。

何匹かの猫たちがびっくりしているが、半数以上は熟睡している。外はまだ暗くて、空は白んでいない。

ぼくはトレーニングシューズの紐をしっかり結び、二重ドアを出て、屋上に立った。ひと気のない新宿の街が眼下に広がっている。街灯やネオンは点いているが、閉めている店が多いぶん、街はいつもより暗かった。

(エルヴィスさんにまかせよう。ぼくが口をだすことじゃない)

自分に言い聞かせていると、階段を駆け登る足音がしだいに近づき、白いツナギを着たエルヴィスさんが屋上にあらわれた。手袋はしていないが、足元は白い編み上げ靴だ。

「ハルオさんからメールをもらいました」

そう言って、ぼくは初めてエルヴィスさんとむかい合った。

ぼくは初めてエルヴィスさんとむかい合った。リーゼントに決めた髪にはきれいに櫛が通っている。

「おれは、きょうをかぎりに、新宿を出る」

エルヴィスさんの声は思ったより高かった。それに、よく通る声だ。

ぼくは黙ってうなずいた。

「ハルオに聞いた。沖縄に逃げるって。きみが父親にやられた事件の記事は、おれも読んだんだ」

まさか、そんなことまで言ってくれるとは、思ってもみなかった。

自分がトランスジェンダーだと告白した娘を、実の父親が激しく暴行した事件は、日本国内はもとより、海外の新聞やニュースでも大きく報じられたという。ただし、尾崎先生の忠告により、ぼくはそれらの記事を一切見ていなかった。

「残酷だが、ひとも猫も、いざというときは、自分の身しか守れない。それに、場合によっては、主義を曲げて、ひとと組むことだって、しなけりゃならない」

誰にともなく呟くと、エルヴィスさんはペントハウスの二重ドアを全開にして、靴を履いたまま室内に入った。

「さあ、行け。また街に戻るんだ。そして、生きられるだけ生きてみろ」

エルヴィスさんは荒々しく歩きまわり、猫たちがペントハウスから飛びだした。なかには、早くも外階段をおりてゆく猫もいる。

「最後まで、守り続けてくれるものなんて、この世にはない。だから、つまるところは、おたがいさまだ」

そう言うと、エルヴィスさんがぼくの肩を叩いた。ぼくは弾かれたように駆けだし、自慢の脚で外階段を駆けおりた。

そのぼくを追い越して、猫たちが外階段を勢いよく駆けおりてゆく。負けじと、ぼくも地上にむけてスピードをあげた。

第八話　猫の恩返し

「てめえら、いま、なんて言った。猫を、なんだと思ってやがんだ」

立ちあがったおれの口から発せられたのは、心の底からの怒りだった。

(だからって、からむ相手を選べよ)

酒に酔った頭の一角で、おれは自分に茶々を入れた。ただし、それで前言が取り消せるわけではない。おれに罵られた三人組は早くも臨戦態勢だ。

「おっさん、強気やのう。誰にむかって、ものを言うとんじゃ」

埼玉県大宮市の繁華街にある居酒屋だが、三人のなかで一番デカい男が関西弁で凄《すご》んだ。必要以上に肩を怒らせて立ちあがり、おれの前に立ちはだかったあとも肩をゆすっている。どうやら、猪首《いくび》にかけた金色の極太ネックレスが自慢らしい。

「おまえらが、とくにおまえが、聞き捨てならないことを言っていたからだ。それは自分たちだってわかっているだろう。猫を山奥や河川敷に捨てるのは、動物愛護法に違反する行為だからな。一年以下の懲役、又は百万円以下の罰金だぞ」

身長百六十センチ、体重五十三キロのおれは、自分より十五センチは背が高く、体重が倍はありそうな相手に正論をぶつけた。

（こんなにデカくて、腕の太いやつに殴られたら、どのくらい痛いんだろうな。ケンカ慣れしたやつで、おれが大けがをしない程度に一発殴って、チャラにしてほしいが、それはもう、運を天にまかせるしかない。そうだ、本当に殴られそうになったら、メガネを外さないと）

このあとの展開を予想しながら、おれは箍《たが》が外れているのを認めた。一方的に殴られるのがわかっていてケンカを売るのは、あまりにバカげている。

五十四歳になるというのに妻子はなく、貯金も大してなく、雇われの獣医師として日銭を稼ぐ日々だ。どんなに酔っても、歯を磨いてから寝ているが、一日一箱のタバコはやめられない。もっとも、喫煙がここまでに肩身の狭い行為になっては、吸う場所を見つけるのがひと苦労だ。

この居酒屋はコロナ禍でも店を閉めなかった。それに喫煙可のスペースでは、紙タバコを吸いながら飲食ができる、貴重な店だ。一人用の個室も複数あって、ちょくちょく利用しているが、土曜日の夕方とあって、個室はすべて埋まっているという。

一瞬ためらったものの、早く一本吸いたくて入ることにしたのが、結果的には大失敗だった。

それにしても、めぐり合わせが悪かったというしかない。獣医師だからといって、おれは年がら年中、動物愛護に反する放言をした相手を問いつめているわけではないからだ。そんなことをしていたら、命がいくつあっても足りない。

とにかく、ひとつだけ空いていたテーブル席に通されたおれはマスクを外し、ショートピースをくわえた。マッチを擦り、火をつける。マッチ棒を振って火を消しながら、最初の一服を深く吸うのが至福のときだ。予備にジッポも持っているが、ショッピにはマッチだ。

そこに運ばれてきたロックのダブルに口をつけてひと息ついたものの、身も心も疲れ果てていたおれはこらえ性がなくなっていたのだ。

「猫島」なるものが、日本にはいくつもある。集落で猫を放し飼いにしていたところに、不法な遺棄によって個体数が増加し、短期間に、猫が大量繁殖した島のことだ。

インターネットを通じてうわさが広まり、猫の楽園のごとく喧伝《けんでん》されて、国内外の無責任な猫好きたちが島を訪れる。無責任にエサをやり、無責任に猫をかわいがり、機嫌をよくして、さっさと帰ってゆく。

その結果、猫はさらに増える。そして、無責任な猫好きたちの足が遠のき、島民が与えるエサの量では、大量に繁殖した猫がとうてい養えなくなったとき、楽園は地獄と化す。

ネズミを獲る猫は、本来獰猛な食肉獣である。おとなしくしているのは、腹が満ちているからにすぎない。

飢えにみまわれて、どうやっても空腹が解消されないとなれば、成人ならぬ成猫は、自分より弱い子猫を容赦なく襲う。いわゆる共喰《ともぐ》いが始まるのだ。その惨状は詳述するまでもないだろう。

食い散らかされた子猫の死体は腐乱し、異臭を放つ。発生した病気が蔓延して、一帯に生息する猫があらかた死んでしまう場合もある。島嶼《とうしょ》だけでなく、山間部の孤立した集落が同様の窮状におちいることもある。

おれはそうした最悪の経過をたどりつつある猫島のひとつで、不妊手術を集中的におこなってきたあとだった。

『NIYAGO《ニャアゴ》』というNPO法人による活動で、ほかにも二名の獣医師と、十数名のスタッフが参加していた。おれを含めて全員が無給のボランティアだ。

TNR《ティーエヌアール》と呼ばれるアプローチで、猫を捕獲し（Trap）、不妊手術を施し（Neuter）、もとに返す（Return）。麻酔薬や注射器、その他の消耗品の費用は、クラウドファンディングによって集められた資金でまかなわれている。

おとといの夕方、おれは定期船で島に渡り、ほかの獣医師と共に民宿に泊った。スタッフは数日前から、三々五々、島に入り、持参したテントで寝泊まりをしながら、島民の有志たちと共に、猫の捕獲に当たっていた。きのうは早朝から始動して、二百匹余の猫に不妊手術をし終えたときには日が傾いていた。

おれはきのうのうちに島を離れて、対岸の港町で宿泊した。いつものことだが、TNRのあとは、いくら酒を飲んでも眠りが浅い。一夜が明けても、近隣の観光地をめぐる気になどなれず、大宮まで戻るあいだも、うつらうつらしては目をさましたため、疲れがつのった。

今回もまた、詳細な活動報告が、一週間以内に、『NIYAGO』のホームページにアップされるはずだ。ただし島の名前は伏せられている。ネット上での誹謗中傷《ひぼうちゅうしょう》を防ぐためで、掲載される写真や動画も、獣医師やスタッフが特定されないように、細心の注意が払われている。あらゆる動物への不妊手術に狂信的に反対しているカルト的な組織もあれば、病的なまでに猫を愛好しているひとたちもいるからだ。

『NIYAGO』の代表者の氏名は公になっているが、おれは一度も会ったことがない。現場を指揮しているのは、「永井《ながい》さん」という六十代半ばの精力的な女性だ。彼女から、TNRの予定がメールで送られてきて、都合が合えば参加する。

参加した獣医師どうしも、名前や連絡先を交換しない。どこから情報が洩《も》れるかわからないからで、おれは現場で「ゆでめんさん」と呼ばれていた。ホームページの記事にも、その名で登場している。

本名が湯出元春で、帯広畜産大学の学生だった時代についたあだ名だから、気づいているヤツらもいるかもしれないが、おれ自身は誰にどう思われようと、もはやどうでもよかった。同窓会のたぐいにはいっさい参加していないし、連絡を取り合っている友人知人も皆無だ。

ついでに言えば、名古屋市内で内科・外科病院を営む親兄弟にも、二十年以上会っていない。おまけに、三年ほど勤務していた屠畜場での検査員の仕事も一週間前に辞めたばかりだ。おれは良好な人間関係をつくる能力が欠如していて、同じ職場に勤めるのは三年が限度なのである。

それはともかく、駆除＝殺処分に比べれば、ＴＮＲは動物愛護の精神にかなったアプローチだと言える。しかし、一日で二百匹余の猫に不妊手術をするのは、からだもきついが、メンタルが持たない。

今回は、港に面した魚市場での作業だった。秋晴れで、潮風が心地よい。打ちっぱなしのコンクリートの床には、水がまかれている。

ただし、そこに並んでいるのは水揚げされたばかりの魚介類ではなく、捕獲され、檻に入れられた猫たちだ。鳴き声が屋根で反響して、見守る島民たちも緊張した顔をしている。

まず、一匹ずつ洗濯用のネットに移された猫に獣医師が麻酔注射をしていく。麻酔が効いたら、スタッフが猫を洗濯ネットから取りだして、腹部の毛を剃《そ》る。その猫たちに、獣医師が執刀していくのだ。

オス猫の去勢なら一匹あたり五分、メス猫の避妊でも十五分ほどで手術が済むとはいえ、生きものは子孫を残すために存在していると言っても過言ではない。その生殖器官を使えなくしてしまうのだから、手をくだす獣医師はどうしたって罪悪感に苛まれる。

もともと、おれは医師を目ざしていて、医学部に入学した。いや、この際、正確に言おう。代々続く医師の家に生まれたおれに、医師になる以外の選択肢はなかった。しかし、両親や兄たちとちがい、おれは自分が医師にむかない気弱な性格であることに小学生のうちから気づいていた。

いやいや、いまはそんな遠い過去にさかのぼっているときではない。

とにかく、今回のTNRによって、二百匹余の猫が生殖機能を喪失した。これ以上増えることのなくなった猫たちは、じょじょに個体数を減らしながら、平和に暮らしてゆくことだろう。

しかし、その島に生息しているほとんどの猫が交尾をせず、妊娠、出産もせず、子育ても経験しないというのは、やはり悲劇というべきではないだろうか。共喰いや、伝染病の蔓延より、はるかにましとはいえ、猫にとっては、けっして喜ぶべき生存状態とは言えないはずだ。

その葛藤は、大宮に帰り着いたあとも続いていた。おれは獣医師であるがゆえの苦悩を、例によって、ニコチンとアルコールでまぎらわせようとしていたのである。

となりのテーブルでは、三人組のとっぽい兄ちゃんたちが、アクリル板の間仕切りをものともせず、陽気にしゃべっていた。ほかの客たちもさかんに飲み食いをして、店内はにぎやかだった。

一年延期されたにもかかわらず、名称は『東京オリンピック2020』のまま開催されたスポーツの祭典が閉幕したあと、コロナウイルスの新規感染者はやや増加傾向にあったが、九月になるとじょじょに減りはじめて、感染が再拡大する兆しは見られなかった。

国民の大半が二回目のワクチン接種を終えた成果が現れているので、これでもうパンデミックにはならないとか、いやいや冬が来ればまた感染者が増えるといった意見を、識者がテレビやネットでまことしやかに語っていたが、一年半にわたり、不要不急の外出の自粛を求められていたひとびとは繁華街や観光地にどっと繰り出していた。

今回のTNRが実施されたのも、その流れに乗ったものだ。あと数ヵ月遅れていたら、あの島の猫たちは飢餓におちいっていたにちがいない。

周囲のテーブルがにぎやかなので、おれもロックのダブルを二杯、三杯とお代わりして、しだいに酔いがまわってきた。三人組の話が耳に入ってきたのは、そんなときだった。

十トン積みの大型ダンプカーで、残土や産業廃棄物の運搬をしている。わずかばかりの利ザヤはガソリン代の高騰で消し飛び、そのうえ元受けのゼネコンからは単価の引き下げを飲まされて、やむにやまれず不法投棄をするようになった。それでも会社の経営はかつかつで、追い込まれた社長が手を出したのが猫の遺棄だ。

コロナ禍による巣ごもり需要で、空前のペットブームがおきていると言っても、猫の場合、人気があって高く売れるのは生後一、二ヵ月の子猫だ。かわいいし、ひとにもなつきやすい。

問題は、繁殖させたものの、売れ残った子猫たちだ。エサ代はかかるし、糞尿《ふんにょう》の片づけにも手間がかかる。繁殖に用いない子猫にはいずれ不妊手術をほどこす必要があるが、獣医師に頼めば、一匹につき二〜三万円かかる。ペット業者が二の足を踏んでいるうちに子猫たちはみるみる成長し、ゲージに収容しきれなくなって、不妊手術をほどこさないまま多頭飼いをするようになれば、またたくまに数が増える。

そうした猫を一匹千円の手数料で引き取り、ダンプに乗せて、残土や産業廃棄物と共に、人里離れた山奥に捨ててくる。三人組が雇われている運送会社の事務所には、関東一円のペット業者がつぎからつぎと猫を持ち込んでいて、捨てても、捨てても、切りがない。つまり、儲かってしょうがない。

「社長も、うまいところに目ぇつけたもんや。こいつは、ぼろいでえ」

そんなことを声高に話されては、猫好きの獣医師として黙っているわけにいかなかった。

「おい、猫を捨ててきた場所を言え。それから、おまえらの会社と社長の名前を教えろ」

おれは自分の前に立つ極太ネックレスの男を問いつめた。ほかのふたりは余裕で椅子にもたれている。

「おっさん、あんたバカか。そんなこと、教えるわけねえだろ」

猪首の大男がおれの胸倉をつかんだとき、「やめとけ」と仲間が制した。リーゼントの髪に白いツナギ、優男《やさおとこ》だが目つきに凄みがある。

「これ以上は店の迷惑になる。ほかのお客さんも困ってるじゃねえか」

そばには四人づれと三人づれの客がいて、どちらも怯《おび》えて席を立とうとしていた。しかし頭に血がのぼったおれは、ほかの客や店の迷惑もかえりみず、リーゼントをにらんだ。

（こいつがリーダーだな。空手か、ボクシングでもやっていそうだな）

おれがそう思ったのは、帯広畜産大学での同級生に空手の黒帯とボクシングのインターハイ選手がいたからだ。ふたりとも引き締まった体形で、このリーゼントと同じく、近寄りがたい雰囲気をただよわせていた。

稽古やトレーニングをみっちり積んだ強者は、無闇に暴力をふるわない。自分の強さを見せびらかす必要がないし、いざケンカになっても、相手の攻撃を余裕でかわせるからだ。

三人組の残るひとりは水色のスカジャンを着た二十歳くらいの若者で、それほど強そうに見えなかった。そろそろ店員が来るはずだから、うまくすると無事に済むかもしれない。

(それなら、それでかまわないが、拍子抜けではあるな)

「おっさん、店の外で話そうか」

腰を浮かせたリーゼントが冷たい声で言って、内心で強がっていたおれは縮みあがった。

「そっちの言いぶんがわからないわけじゃないが、面とむかって罵られて、ハイそうですかって引き下がるわけにはいかないからな」

リーゼントの声は案外高い。両手をぶらりと垂らして、いつでもパンチが飛んできそうだ。

「じゃあ、そういうことで」

水色のスカジャンも椅子から立った。

(外に出たらダメだ。店のなかなら、一発で済んでも、外に出たら、暗がりで際限なく

痛めつけられる)

恐怖にかられて首を振り、おれは椅子にしがみついた。

「お客さま、ケンカは困ります」

ようやく店員がやってきて、その後ろには店長らしき男もいた。ただし、仲裁をするつもりはないらしい。

「いましがた帰られたお客さまによりますと、そちらのメガネをかけた年配のお客さまが、先に大声を出されたとのことです。それに間違いがなければ、当店の規約に従って、お帰り願います。お聞きいただけない場合は、警察に通報します」

緊張しきった若い店員に退店を促されて、おれはあせった。

「おう、おっさん。うちの会社と社長の名前を聞くんやったら、まずはそっちが名乗れや。うそはいかんで。運転免許証でも、保険証でも、名刺でもいいから、だして見せえ」

極太ネックレスが手のひらをむけてきた。おれのあせりを見抜いて、追い詰めようというのだ。

「ほい、こいつはあずかった」

水色のスカジャンが、椅子の下に置いていたおれのボストンバッグを奪った。財布とスマホ、それに部屋の鍵はズボンのポケットに入っているが、そのバッグを他人の手に渡すわけにはいかない。

「やめろ。返せ」

店の出入り口にむかう水色のスカジャンを、おれは追いかけようとした。ところが、シャツの襟首をつかまれて、足が前に進まない。

「おっさん、逃げられると思うなよ」

「お客さま、店内での揉め事は困ります。どちらさまも、お帰りください」

店長になだめられて、極太ネックレスがおれの襟首から手を放した。

こうなっては仕方なく、三人組、おれの順に会計を済ませて居酒屋の外に出た。おれのボストンバッグは、水色のスカジャンが振り回している。

（まずいことになった。本気でまずい）

あせりながらも、おれは懸命に頭を働かせた。時刻は午後六時をすぎて、繁華街はひとでいっぱいだった。家族づれは少なくて、若者たちが多い。中年の男女もけっこういる。みんなマスクをしているが、一時的にではあっても、コロナウイルスから解放されて、週末のひとときを楽しんでいる。

おれもマスクをしようと思ったが、三人組が顔をさらしているのに、マスクで顔を隠すのは、いかにも卑怯《ひきょう》な気がした。

「おう、おっさん。おれらがせっかく愉快に飲んどったのに、よくも邪魔してくれたな。

落とし前をつけてもらおうやないか」

極太ネックレスが文句を言いたくなるのも、無理はなかった。しかし、おれにだって、ゆずれない一線があるのだ。

極太ネックレスを無視して、おれは水色のスカジャンに言った。

「そのボストンバッグを返してくれ。そのバッグは、おれの手元から離すわけにはいかないんだ」

「そんな大事なものを持って、居酒屋に入ったうえに、おれたちにケンカを売ってきたんだ。あんた、よほどのマヌケだぜ」

水色のスカジャンは知恵が働くらしい。図星を指されて、おれは臍《ほぞ》を嚙んだ。

「わかった。さっきのことは謝るから、そのバッグを、どうしても返してほしい」

「いいよ、あやまんねえで。それより、おれとタイマンしようぜ。この三人のなかじゃ、おれが一番弱いけど、そのぶん手加減できねえから、おっさんを病院おくりにしちゃったら、ごめんね～」

繁華街を行き交う若者たちが足を止めた。

「おっ、タイマンやんの?」

「マジ、すげえじゃん」

タイマン＝一対一でのケンカを期待して、水色のスカジャンとおれの周囲に、見る間に人垣ができた。早くもスマホで撮影している野次馬もいる。

（どいつもこいつも、無責任に楽しもうとしやがって）

おれは三人組よりも野次馬たちに肚を立てたが、水色のスカジャンはやる気まんまんだ。

「ほら、みんなの期待に応えなくちゃ。さあ、やろうぜ。おっさん、メガネを外しなよ」

そう言った水色のスカジャンは、おれのボストンバッグをリーゼントに渡した。そして、スカジャンを脱ぎ、こちらは極太ネックレスにあずけると、シャドーボクシングを始めた。

「さっき、わたしに名乗れと言ったな。わたしの職業は獣医師、獣医だ」

おれは声を張ったが、野次馬たちのざわめきで、誰の耳にも届かなかったらしい。

「わたしは獣医師だ。犬や猫といったペットの治療もしている」

精一杯の声を張ると、今度は三人組に聞こえたようで、取り囲む野次馬たちも静かになった。

おれは時間稼ぎをするつもりだった。ケンカが始まるとのうわさが広まれば、繁華街を巡回中の警察官たちの耳にも入り、制止しようとかけつけるにちがいない。

「わたしは出張の帰りで、そのバッグには衣類や洗面道具のほかに手術道具が入っている。きみが指摘したとおり、これは、あきらかに、わたしの失態、つまりミスだ。家にバッグをおいてから街にくりだすべきだったのに、我慢できず、居酒屋に入ってしまった。申しわけない」

おれは殊勝に頭をさげた。

「メスを含む手術道具は、専用のケースに収まっている。ただし、もしもここに警察官がやってきて、尋問を受けたら、きみたちも軽犯罪法違反、さらにはもっと重い銃刀法違反の罪で逮捕されるかもしれない。なぜなら、わたしがこうしてそのバッグになにが入っているのかを教えて、返還を求めたにもかかわらず、きみたちがそのバッグを返さないということは、そのなかのメスを奪い、武器として用いようとたくらんでいたとの疑いを持たれても仕方がないからだ。銃刀法違反の用件を満たすと判断されて現行犯逮捕されれば、悪くすると、二年以下の懲役、もしくは三十万円以下の罰金だ。わかったら、早くそのカバンを返すんだ」

理路整然と話すうちに、おれはおちついてきた。野次馬たちも、あまり騒がなくなった。

「そいつは、マジでヤバいね。それじゃあ、三分間、一ラウンドだけやろうぜ。そうしたら、バッグを返してやるよ」

水色のスカジャンは、どうしても戦いたいらしい。

「きれいごとに聞こえるかもしれないが、わたしは自分の失態にきみたちを巻き込みたくない。きみたちが居酒屋で言っていた、猫を山奥に捨てている行為について、不問に付すつもりはないが、それとこれとは話が別だ」

時間稼ぎが目的とはいえ、それは偽らざる本心でもあった。

大宮駅のほうがざわめいて、笛の音がした。

「警察だ」という声が聞こえたときには、リーゼントがボストンバッグのなかから金属製の平たいケースを取りだしていた。

「やめろ」

おれの制止を無視して、リーゼントはケースのふたを乱暴に開けた。八本のメスと、ハサミやピンセットが飛び散り、それぞれ落下して、舗道で跳ねた。

「悪いね、おっさん。それに、おれたちだって、猫が嫌いだから捨ててるわけじゃないんだぜ」

にやりと笑ったリーゼントが「逃げるぞ」と言い、三人組はひとごみにまぎれた。

(おれもいそいでメスを拾い、この場を去らなければ)

投げ捨てられたボストンバッグをつかみ、続いて金属製のケースを拾うと、おれは散らばったメスに手を伸ばした。しかし、思わず固まったのは、落下の衝撃でメスの刃先が大きく欠けていたからだ。

メスは特殊な合金でできていて、研ぎは専門の業者に頼む。しかし、こんなに欠けてしまっては、もう使えない。

手になじんだ道具の無残な姿に、おれは胸が痛んだ。連中もけしからないが、一番悪いのはおれだ。

氷川《ひかわ》神社そばの、散らかり放題のワンルームに帰るのがイヤで、途中の居酒屋に入ってしまったせいで、こんなハメにおちいったのだ。まさに自業自得というしかない。

「へえ～、これが本物のメスなんだ～」

落胆するおれのすぐそばで、三十歳くらいの女性がメスを拾った。マスクをしていないし、かなり酔っていて、挙動があやしい。

「ダメです。それは、わたしの大事な仕事道具ですし、ものすごく切れて危ないから、手をふれないでください」

おれの口調は、ややきつかった。

「え～、こわ～い～。かわいいワンちゃんや、猫ちゃんを治療している獣医さんなら、もっとやさしく頼んでよ～」

(この状況で甘えてくるんじゃねえ。おれだって、警察が来る前に逃げなきゃならないんだ)

「とにかく、返してください」

「や〜だ〜」

「あっ」と声をあげたのは、おれだ。彼女が振ったメスが、おれの右手をかすめた。人差し指の甲が裂けて、鮮血が流れ出た。

「ごめんなさい！　わたし、そんなつもりじゃ……、あ〜!!」

今度は彼女が叫んだ。見れば、メスを握った右手が血に染まっている。動揺して、刃を握ってしまったのだ。

「警察だ。動くな」

強い声で背後から警告されて、おれは全身がこわばった。

「刃物を捨てて、両手をあげろ。そして、立ちあがって、ゆっくりこっちをむけ」

「わかりました。しかし、わたしは、散らばった自分のメスを拾っていただけです」

おれは両手を高くあげた。そして立ちあがり、ゆっくり振り返った。マスクをした警察官がこちらに警棒をむけている。もうひとりは、おれを警戒しながら無線で応援を求めている。どちらも若くて、せいぜい二十五、六歳だろう。

緊張しきった若い警察官たちの態度から、おれは自分がよほどの嫌疑をかけられていると悟った。軽犯罪法違反では済まず、銃刀法違反で現行犯逮捕されるにちがいない。それでも警察署に連行されたあとに、順序立てて経緯を説明していけば、嫌疑は晴れて、すぐに釈放されるはずだと、おれは自分に言い聞かせた。

人差し指の切りキズは思ったより浅く、出血はおさまりつつあった。女性のほうも、たいしたことはないらしい。

おれは終始おとなしくふるまっていた。うつむいたりせず、マスクをしていない顔を前にむけていた。

にもかかわらず、若い警察官たちは、おれに手錠をかけた。

「うわっ、手錠じゃん」

「マジすげえ。ひとが逮捕されるとこ、初めて見た」

野次馬たちが騒ぎ、スマホのシャッター音がさかんに鳴った。フラッシュも、まぶしいほど光った。

「え〜、どうして逮捕するの？　その獣医さん、なんにも悪いことしてないよ〜」

メスを拾った女性が抗議して、若い警察官たちは、いっそう頑《かたく》なになったようだ。

「ほら、さがって、さがって。みんな、この場から移動しなさい」

強引で雑な対応が、コロナ禍でストレスがたまっていたひとびとの反感を招いた。

「お巡りさんたち、そういう言い方は、ちょっとひどいんじゃないか」

「そうだよ。そんなふうに、エラそうにするのはやめろよ」

「おい、ポリ公。いばってんじゃねえぞ」

「誰だ。いまの侮辱的な発言は、公務執行妨害に当たるぞ」

売りことばに買いことばであたりが騒然としてきたとき、パトカーのサイレンが聞こえた。一台でなく、何台もが、こっちに集まってくる。

「やべえぞ。逃げろ、逃げろ」

一帯がパニックの様相を呈するなか、手錠をはめられたおれは、到着したパトカーの後部座席に乱暴に押し込まれた。


「おい、面会だ」

警察官が横柄に告げたのは、逮捕から三日目の午後一時だった。弁護士が接見に来ていると言われたが、おれには心当たりがなかった。

(ひょっとして、湯出の家の誰かが寄こしたのかな。いや、それはないだろう)

銃刀法違反の現行犯で逮捕されたあと、おれは氏名と年齢と住所、それに獣医師の資格を有していることは警察に伝えた。しかし、家族はいないと答えて、それ以外の質問には応じていなかった。

誰が寄こした弁護士であっても、会っておくにかぎる。逮捕後、七十二時間以内の接見、つまり面会は弁護士に限られているし、あすか、あさってには、おれも弁護士を頼もうと思っていたからだ。

『NIYAGO』の活動には、猫好きの弁護士が何人もかかわっているという。このあと会う弁護士に事務局への連絡を頼めば、手間が省ける。

「入れ」と言われた接見室では、アクリル板のむこう側に、背広を着た八十歳くらいの老人が座っていた。顔が大きくて、肩幅もかなりある。立てば、おれより背が高いだろう。

テレビドラマや映画でおなじみの殺風景な空間で、おれは初対面の弁護士に一礼してから椅子に腰かけた。

「弁護士の岸川典光です。あなたは獣医師の湯出元春さんですね。ぼくは獣医師の浦野映美さんの依頼で、あなたに接見をしに来ました」

（エイミー。エイミーは、おれをおぼえてくれていたんだ）

おれは感激で身が震えた。全身がぶるぶる震えた。帯広畜産大学の後輩で、おれが開業したベイエリアのペットクリニックを手伝っていたエイミーが、おれを助けようとしてくれているのか。

「きみ、いいか。接見は一日に三十分しかできない。それに、微罪処分での釈放は逮捕から七十二時間以内に限られている。つまり、あと五時間ほどしかない」

張りのある声で叱られて、おれは気を取り直した。

「留置場に入れられていては知るはずもないが、きみの逮捕は、世間をかなり騒がせている。きみが現行犯逮捕された場には、たくさんのひとたちがいたね」

そう聞かれて、おれはうなずいた。

「つまり、目撃者がかなりいて、そのうえスマートフォンによって、写真や動画が多数撮影されていた。それらがネット上にアップされた結果、きみの行為は、およそ現行犯逮捕に当たらない。逮捕されたとしても、軽犯罪法違反がせいぜいであって、数時間後に釈放されてしかるべきとの声が大半を占めている。ぼくもいくつかの動画を見たが、あれだけおとなしく警察官の指示に従っている者に、手錠をはめて連行するのは、どうしたって行きすぎだ。そこで、まず聞きたいのは、きみは逮捕される前に三人組の男たちと揉めていたそうだが、どうしてそうなったのかを簡略に話してほしい。七、八分をメドに」

岸川弁護士は用意してきたデジタルの目覚まし時計をおれにむけた。13時04分と表示が出ている。

「はい」と応じて、おれは居酒屋での一件を話していった。時間があまりそうだったので、『NIYAGO』の活動で心身がまいっていたことも手短に話した。

「ふふふ。そうか、キーワードは猫か。よくわかった。それにしても、きみは話がうまいね。しかも、五分しかかからなかった」

老弁護士は打って変わって機嫌が良くなった。

「ところで、いま言ったことは、取調室でもしゃべったのかい」

「いいえ。あの、名前と住所、それに獣医師だということ以外は黙秘しています」

「ほう、それはえらい」と老弁護士に褒められて、おれはほんの少し調子に乗った。

「若い警察官たちが、とっかえひっかえあらわれて、わたしに反省を迫るのですが、まるでなっていないんです。つまり、どういういきさつで、わたしが所持していたメスなどの手術道具が路上にばらまかれたのかについて、警察はろくに現場検証をしていないようなのです。推察するに、かれらは、わたしが一刻も早く釈放されたいと願って、進んで事情を話し、反省や謝罪もするに決まっている。そこで、微罪処分で釈放してしまえばいいと、高を括っていたのではないでしょうか。しかし、こちらには黙秘権があるのだから、警察の側が、あの場でのわたしの行為をきちんと調べて、銃刀法違反で現行犯逮捕したのは行きすぎだったと認めるまでは、黙っていようと決めたんです」

老弁護士はこちらの胸底まで見抜くような目で聞いていた。おれはつばを飲み込み、この弁護士には、ほんのわずかな誇張でも見抜かれると覚悟した。

「わたしは小心な人間です。それに幸運とは言いがたい人生を歩んできました。そのせいで、何事につけ、事前に、自分に起こりうる最悪の事態をシミュレーションするクセがつきました。銃刀法違反については、さっき言った『NIYAGO』の活動でメスを持ち歩くようになってから、詳しく調べました。さらに、なにかの間違いで逮捕されてしまった場合の対応もシミュレーションしていました。もっとも、今回のように、バッグを奪われたうえに、メスをばらまかれるというパターンは、さすがに想定していませんでした」

包み隠さず話すと老弁護士の目が少しやさしくなり、おれはさらに続けた。

「黙秘権を行使すれば、微罪処分での釈放は、まず百パーセントなくなります。勾留が延びて、最悪の場合、起訴されるかもしれません。ただ、常識的に考えて、今回の事件で、わたしが起訴されることはないでしょう。つまり、勾留は最長でも二十日間、あと十八日です。いまのところ、雑居房ではなく、独居房に入れられていて、いやな目にもあっていません。なにより、わたしには、この逮捕によって心配をかける妻子がいません。迷惑をかける勤務先もありません」

自分で言って、おれはさみしくなった。しかし、落ち込んではいられない。

「それならば、一刻も早く釈放されようとして、警察官たちが望む反省の弁を述べてしまうのではなく、かれらにも警察官としての職分を、きちんと果たしてもらおうと思ったのです。多忙な警察官たちには甚だ迷惑かもしれませんが、衆人の前で手錠をかけることまでした以上、そのくらいはしてもらってもいいだろうと、自分なりに理屈をつけました」

「エイミーさんの見立てが、いい意味で外れたね。しかし、きみ、よくそこまで肚が据わったね」

・

岸川弁護士が溌剌としてきて、おれはうれしかった。アクリル板を通して見える、机のうえの大きな手も頼もしかった。

「じつは、自分でも驚いています。わたしにはこどもがいませんが、わたしを逮捕した警察官たちは、自分にこどもがいたら、このくらいの年齢だろうというかんじでした。おそらく、コロナの影響で、警察官たちは、繁華街のパトロールをあまりしていなかったのではないでしょうか。ただでさえ経験不足の新任警察官なら、なおさらです。それで、ケンカが始まると聞いてかけつけた現場に刃物が散乱していたことに驚き、しかも女性が出血していたため、わたしへの対応が過剰になり、手錠までかけてしまった。そして、内心ではマズいことをしたと思っていたために、野次馬の挑発に対して、あれほど乱暴な言動をとってしまったのではないかと、多少かれらに同情してもいるんです」

「うん、それは、年長者らしい、公平で健全な見方だね」

歴戦の勇士といった風格の弁護士に褒められて、おれは面映《おもは》ゆかった。

「それじゃあ、腰を据えてやることにしよう。きみが言ったとおり、ここでの勾留は、最長の二十日間になると思っておくんだね。つまり、きょうも含めて、あと十八日だ」

念を押されて、おれはうなずいた。

「いけない。残り五分を切った。よし、ぼくは一日置いて、あさっての午後、もう一度接見に来ることにしよう。だから、あわてずに事情を知らせていく。まず、三人組ときみが揉めていた繁華街の現場にフリーのライターがいたんだ。その男は、きみが逮捕連行されるようすをスマホで動画撮影し、知り合いの記者に連絡した。ふたりはつれ立ってこの警察署を訪れて、数時間後には釈放されるはずのきみに取材をしようとした。ところが、きみがすぐには釈放されないとわかり、この事件についての警察の過剰な対応を問題にすべく、あえてきみの職業と実名入りでネットニュースに記事を載せたところ、エイミーさんがその記事を読んだというわけさ。ここに来る前に、ぼくは浦和でその記者に会ってきた。エイミーさんとは、まだスカイプで話しただけだけれど、かしこくて、気持ちの好いひとだね」

そう言って、岸川弁護士は咳払《せきばら》いをした。

「エイミーさんが、ぼくにきみの弁護を依頼してきたのは、ぼくの次男が、エイミーさんと同じ朝霞市内に住んでいるからだ。飼い猫の診察やなにやらで懇意になって、自分の父親が弁護士だと話していたらしい。ちなみに、ぼくの長男は判事、つまり裁判官をしていて、いまは札幌にいる。次男は、毛色が違っていて、ガラス職人だ。かれは、たぶんきみと同じ歳なんじゃないかな。高校の教員をしている妻と、二卵性双生児の男女がいる。おっと、これは余計だった」

そこで岸川弁護士はまた咳払いをした。

「ご覧のとおり、ぼくは先の長くない年寄りだ。しかし、できるかぎりのことはするつもりでいる。あと一分半。なにか、きみのほうから、エイミーさんに伝えたいことはあるかい」

「まず、岸川弁護士が接見に来てくれたことにとても感謝していると伝えてください。そして、先ほど言った、『NIYAGO』というNPO法人で活動していることも伝えてください」

さらに、岸川弁護士に、『NIYAGO』の事務局と連絡を取ってもらいたいと頼んだところで、時間が来たことが告げられた。

おれは岸川弁護士に見送られて接見室を出た。有力な味方を得て、なによりエイミーを身近にかんじて、警察署内の廊下を歩くおれの足取りはたしかだった。

「エイミーさんは、とても喜んでいたよ。おとといの午後、ぼくはここからの帰りに、朝霞の動物病院に寄ったんだ。バス通り沿いの、とてもかんじのいいクリニックだった。接見室での、きみの巧みな話しぶりや、年相応のおちついたふるまいを話したら、エイミーさんは、自分が知っている湯出先輩ではないみたいだと驚いていた」

おれはどういう顔をすればいいのか、わからなかった。岸川弁護士は約束どおり、一日置いてあらわれた。

おとといの晩は、朝霞市の次男の家に泊まったらしい。自宅は、神奈川県藤沢市の鵠《くげ》沼《ぬま》海岸にある。藤沢駅から大宮駅までは、JRの湘南新宿ラインを利用すれば、乗り換えをせずに一時間半ほどでこられるという。

「きみがどこでどんな目に遭って、エイミーさんが言うところの〝半端者〟でなくなったのか、興味深いところではあるが、それはまたいずれということにして、必要なことを伝えよう」

岸川弁護士は張り切っていた。一方、おれのノリが悪いのは、タバコの禁断症状によるものだ。おとといの午後は平気だったのに、きのうの朝から頭にモヤがかかったようで、けさはモヤがさらに濃くなった。

もっとも、刺激のない留置場に閉じ込められているのには、おあつらえの精神状態かもしれなかった。じっさい、きのうは一日、タバコのことばかり、ぼんやり考えていた。

おれが初めてタバコを吸ったのは、高一の夏休みだ。自分の部屋で、マイルドセブンを吸ったところ、猛烈な吐き気と目まいにおそわれた。

死ぬかもしれないと思ったほど苦しかったのに、おれはタバコを吸うのをやめなかった。しみる煙に目をうるませながら、性懲りもなく、一服二服とタバコを吸った。

そのうちに慣れて、いろいろな銘柄をためすようになり、高三の夏休みには、ロングピースを一日に四、五本吸うようになっていた。

両親と兄たちも、おれがタバコを吸い始めたことに気づいていたはずだ。ただ、そろいもそろってヘビースモーカーなので、おれの喫煙は黙認された。

黙認の理由はそれだけでなく、おれの成績が抜群に良かったからだ。両親も兄たちも名古屋にある私大の医学部を卒業しているが、おれの成績は国立大学医学部の合格圏内に入っていた。そのせいで、まだ医大生にもなっていないのに親兄弟から一目置かれていたのだから、おかしな一家だったというほかない。

人生は思うに任せないものだと、つくづく思う。自分が医者にむかない気弱な性格だとわかっているのに、成績がさらにあがってゆくことの苦痛は、身内にも、高校の教員にも、予備校の講師にも相談できず、誰の共感も呼ばないという意味で、真の苦痛だった。

実家を離れるために、おれは東北大学医学部を受験し、現役で合格した。しかし、ホルマリン漬けにされた遺体の解剖実習が始まる前には大学を中退しようと決めていた。問題は、親たちを納得させる理由と、その後の身の処し方だ。

インターネットやAIを始めとするコンピューター全盛のいまなら、おれは間違いなくプログラマーを目ざしていたと思う。しかし、おれが中学高校生活を送った一九八〇年前後は、コンピューターはまだ幼稚な計算機の域を抜け出ていなかった。

成績優秀な人間が目指すのは高級官僚か医師であって、典型的な理系のおれは医学部を中退した場合の進路として、獣医師しか思いつかなかった。

もっとも、おれは猫が好きだった。なにものにもおもねらず、気ままさを通す生きざまに憧れたからだが、猫を好きになった一番の理由は、死期を悟ると、みずから身を隠す習性に深く感動したからだ。

おれは、ひとの死が怖かった。家族がごく普通に交わす会話のなかに、いろいろな病名や患者の容体が出てくるのが本当にいやだった。

なかでも決定的だったのは延命治療だ。おれが中三のとき、地元企業の社長が脳出血で倒れた。父の執刀により緊急手術が行われて、一命はとりとめたものの、意識が回復する見込みはない。五十五歳とまだ若く、長男は二十七歳。その下に弟と妹がいる。

「せめて五年、できるなら十年、その間も医学は進歩するはずですから、十五年でも二十年でも、どうか夫を生かし続けてください。お金はいくらかかってもかまいません」

元スチュワーデスだという奥さんから涙ながらに頼まれたと話す父は謹厳をよそおいながらも、どことなく下卑《げび》ていた。

その社長が生きてさえいれば、一家の財産は保たれて、社内に対する影響力も維持できる。しかし、亡くなってしまえば、遺産相続に関する問題が発生して、どうなってしまうかわからない。

「心肺機能も、内臓もしっかりしているから、十年は大丈夫ですと太鼓判を捺《お》してやりたいところだが、急にぽっくりいく場合もあるから、とにかく安請け合いはしないことだ」

父としては、自分の後継ぎである息子たちに言い聞かせるつもりもあったのだろう。じっさい、医大の四年生と一年生だった兄たちは、真面目なのか、不真面目なのかわからない顔で聞いていた。

一方、多感なおれは、いわゆる植物人間として生存させられて、ベッドのうえで老いてゆく男性の姿をまざまざと想像してしまい、自分の部屋に逃げ込んだ。

(医術を身につけたからといって、ひとのいのちを思いどおりに扱ってはならない)

医師としての一生を貫く倫理をまさにつかもうとしていたのに、おれの神経はあまりにも細かった。

いまから思えば、おれの両親や兄たちも、似たり寄ったりの小心者だったのだろう。ただ、おれ以外の家族は、タバコや酒、それに贅沢《ぜいたく》や遊興に逃げる術《すべ》を心得ていたのだ。

それにしても、獣医師の資格を取得したばかりのおれに、東京のベイエリアで開業させようとしたのは、父の見栄《みえ》だった。

「あれだけの成績で旧帝大の医学部に進んだオマエだ。金はだしてやるから、獣医師として、天下を獲ってみろ」

その勧めを拒絶できなかったおれにも問題はあるが、こうなったら父の期待に応えるしかないと観念して、おれは開業にむけた準備を進めた。

そもそも、おれは成績が良いだけで、ひとを率いる器量も、経営者としての才覚もなかった。おれは診察も、治療も、手術も、エイミーに任せた。

エイミーはペットにも飼い主にも愛された。そのうえ、手術の腕前が抜群だった。一方、気弱なおれは、犬や猫の死さえも怖かった。

おれは、勇敢なエイミーに、そばにいてほしかった。人生の伴侶になってくれとは言わないから、仕事では、ずっとおれを助けてほしかった。

エイミーとの別れは唐突にやってきた。エイミーが開く動物病院なら、成功は間違いない。ただ、たくさんのペットを診るうえに、経営もするのだから、健康にだけは気をつけてほしい。

そんな心配をしながらも、おれは独立する彼女に祝福のことばを贈れなかった。それどころが、先行きの不安から、スタッフを引き抜いたら容赦しないといった罵声を浴びせるありさまで、つくづく自分がいやになった。

(これで、おれはおしまいだ)

観念しつつ、おれはその先に訪れる最悪の事態をシミュレーションして足が震えた。

じっさい、エイミーが退職したことが広まると、ペットをつれて来院するひとがうそのように減った。おれの指にはタバコのヤニがしみ込んでいて、犬も猫もさわられるのを嫌った。スタッフも、先を競うように辞めていった。

開業にかけた資金はまるで回収できていなかったが、ベイエリアのペットクリニックを閉じたいと伝えると、父は激怒した。獣医師になることを支持してくれた兄たちも匙《さじ》を投げた。

その数日後、母が倒れた。検査の結果、白血病に侵されていることが判明し、おれに対する父の怒りは頂点に達した。

三ヵ月後、母は帰らぬひととなった。おれは呆然として、かなしむこともできなかった。母の葬儀を最後に、おれは湯出家のひとたちに会っていない。

そうした次第で、おれは三十六歳にして初めて、自分の生活を自分の労働によって支えることになった。もう、なにが起きても、おれを助けてくれるひとは、この世にひとりもいないのだ。

もちろん、獣医師の資格によって得られる賃金は平均よりも高い。それに、どこにでも出かける獣医師はそれほど多くない。

ちょうど牛の口蹄疫《こうていえき》や、豚コレラ、それに鳥インフルエンザといった家畜の伝染病が全国各地で頻発しており、おれは格好の人材として重宝された。日本政府が派遣する援助隊の一員として、東南アジアやアフリカ諸国での活動にも従事した。

そうした経験を重ねながら、三十代後半から四十代なかばにかけて、おれは確実に鍛えられていった。「かわいい子には旅をさせよ」という諺《ことわざ》は本当だと思ったし、「背水の陣を敷く」という格言も、まさにそのとおりだと思った。

なにより、世界中どこに行っても、猫がいた。あいかわらずタバコを吸っていたが、猫たちは、ふしぎと、おれに近寄ってきた。おれの脚にからだを擦りつけ、おれの指先を舌でなめた。おれは自信を得て、治療や処置に当たった。

叶うなら、二十代後半から三十代の初めに、こうした心境に達していたかったが、なにごとも遅すぎることはないと、おれは自分を励ました。

しかしながら、やはり、少々遅すぎたのだと思う。いや、所帯を構えられなかったことを、年齢のせいだけに帰すべきではない。

猫に慕われ、獣医師として一人前にふるまっていても、おれはひと付き合いが苦手なままだった。とくに女性と恋愛関係になるのが怖かった。自分の人生さえ背負い切れないのに、妻やこどもを支えられるはずがないと思い込み、二の足を踏んでしまうのだ。

大宮に住むようになったのは、畜産業が盛んな北関東や東北に近いことと、成田《なりた》空港や羽田空港へのアクセスがいいからだ。エイミーが開業している朝霞方面には、極力近づかないようにしていた。

ベテランの獣医師として頼りにされながらも、五十代になると、あとは老いてゆくだけなのかというさみしさが忍び寄ってきた。そんなとき、ネットで『ＮＩＹＡＧＯ』の活動を知り、おれはＴＮＲに参加するようになったのだ。

家族はなくとも、自分なりの方法で社会に貢献している。それも大好きな猫を助ける活動をしていることは、自堕落になりがちな日々に張りをもたらした。

しかし、TNRはあくまで緊急避難的な処置だ。それに、こちらの心身にも応える。できるなら、おれは猫にとって理想の環境をつくりたかった。

金を貯《た》めて、田舎の空き家を買い取り、帯広畜産大学のキャンパスにあった猫研の丸太小屋よろしく、勝手に出入りする猫たちに囲まれて、気ままな老後を送りたい。

そんな夢を見ることもあったが、そのためには生活をよほど切り詰めなければならない。それに、不摂生かつ不健康なおれが何歳まで生きられるかもわからない。肥満体ではないが、肺や肝臓はそうとう傷んでいるはずだ。

逮捕後に黙秘を貫いているのは、岸川弁護士に話したとおり、警察に反省を迫るためだが、この機会を利用して、禁煙したいという思惑もあった。いまさら遅いと知りつつ、がんにはなりたくない。自制心の弱いおれは、禁煙についても、他力本願だった。

「きみ、どうした?」

岸川弁護士に呼ばれて、おれはわれに返った。こちらにむけられた目覚まし時計を見ると、ほんの一、二分しか経《た》っていない。ずいぶん長く物思いにふけっていたはずなのに、おれはキツネにつままれた気がした。

「すみません。タバコの禁断症状で、きのうから頭が働かなくて」

「やっぱりそうか。おとといも、この穴を通して、ヤニの匂いがただよってきたから、そんなことになるんじゃないかと心配していたんだ」

岸川弁護士はアクリル板の下部に空いた穴を指さした。

「繰り返すと、『NIYAGO』の事務局は、この件について、対策会議を開くそうだ。運送会社による猫の不法投棄を問題視していて、きみが釈放されしだい、連絡を取りたいと言っていた」

おれは三人組のことを思いだした。とくにリーダーのリーゼントは、去り際に、「おれたちだって、猫が嫌いってわけじゃないんだぜ」と言った。居酒屋で得意げにしゃべっていたのも、極太のネックレスをした大男で、リーゼントと水色のスカジャンは相槌を打っていただけだった気もする。

それなら、どうして猫を捨てていたのか。殺処分されるよりは、山奥に逃がしたほうがマシだと思っていたのだろうか。

街中でも、山奥でも、のら猫が生き抜くのは至難の業だ。一番危険なのは車に轢かれることだが、野犬やカラスにも狙われる。飲み水や食べ物にありつくのだって大変だ。

「タバコの禁断症状以外に、からだに不調はないかい？」

岸川弁護士に聞かれて、おれはうなずいた。

「きみの件は、ネット上でまだ話題になっている。例のフリーライターがサイトを開設して、三人組ときみが居酒屋で揉めたときの情報を求めたんだ。すると、そばのテーブルにいた客のひとりが連絡をしてきて、きみが運送業者による猫の遺棄に怒ったのが発端だと証言した。それで、いまやきみは、猫好きたちのヒーローのようになっている」

そう言われても、おれは喜びようがなかった。猫の遺棄にかかわっている運送会社を特定しようとする動きがあると言われては、困惑するしかなかった。

「そのフリーライターは、きょうにも、きみと面会しようとしていたんだ。逮捕後七十二時間がすぎて、弁護士以外も面会ができるようになったからね。ところが、かれはどうやらコロナウイルスに感染したらしい。つまり、最低でも二週間は自宅療養だ。そのころには、この件も下火になっているだろう。かれに会う、会わないはきみの自由だが、へたに祭りあげられないほうがいいんじゃないかと、ぼくは思う」

「わたしもそう思います。あの居酒屋では、ついカッとなってしまいましたが、わたしは猫を助けたいのであって、やむを得ず捨てる役を買って出ることになった運送業者をとっちめたいわけではありませんから」

おれが応じると、岸川弁護士が笑顔になった。

「おととい会った記者にも、同じような忠告をするつもりなんだ。野木律子さんという若い女性で、大学生ながらネットニュースの記者をしていて、やる気があって、見どころもあるが、まだまだ危なっかしいかんじでね。もっとも彼女が警察に睨《にら》まれるのを覚悟で、あの記事を書かなければ、エイミーさんがきみの逮捕を知ることもなかったわけだ」

長崎出身だという女性を案じたあとに語られたのは、岸川弁護士の奥さんと猫のかかわりだった。

麻布育ちの奥さんは幼いころに結核を患い、小学生になっても、自宅で臥せる日々が続いた。そんな奥さんが十歳のとき、ミー子という名のキジトラのメス猫が、布団のうえで子猫を四匹産んだ。ミー子は、その部屋で子育てもしたという。

「ぼくの妻は、猫たちのおかげで快方にむかったんだね。つまり、ミー子と四匹の子猫たちは、福猫だったわけさ。ただし、母猫であるミー子と子猫たちが一緒に暮らしたのは、半年ほどだった」

ほかの三匹がもらわれていった日の夜に姿をくらましたキジトラのオス猫、チビの話を聞くうちに、おれは胸がつまった。目をうるませたのは、吸い慣れないタバコの煙に目を瞬かせていた高一の夏以来だ。

飢えれば、共喰いもする猫だが、ひとにまさるこまやかな感情を有していることは、猫好きなら誰もが知っている。

「じつは、うちの次男のところでも、八年前に、のら猫が、床下で四匹の子猫を産んでね」

その子猫たちを育てるために、ガラス職人の次男は『エイミー動物の病院』を訪ねて、その縁で、こうして自分がきみに対面しているのだと、岸川典光弁護士はさも感慨深げに語った。

「恩返しというと、日本では鶴の専売特許になっているが、恩返しと言えば猫だと、ぼくは思っている。だから、きみにも、そのうちに、きっと」

「時間です」

あと一言というところで、接見の終了が告げられた。

「この度は、大変お世話になりました」

感謝の念に加えて、惜別の意味を込めて、おれは深々と頭をさげた。釈放される際には、身元引受人が必要だが、それは岸川弁護士でなくてもかまわないはずだ。

タバコにからめて、往時を思い返すうちに、おれは兄たちに頼んでみようと思った。名古屋から出てきてもらうのは大変だし、二十年も音信不通だった末弟が、銃刀法違反で現行犯逮捕されたと知れば、さぞかし呆れるだろうが、血の繋がった兄たちに現在の自分を見てもらいたい。母の墓参りをして、父にも会いたい。

とうに九十歳をすぎているが、父が生きているのは間違いなかった。亡くなれば、おれのところにも、遺産相続に関して連絡があるはずだからだ。この機会に、父の遺産を分けてもらうつもりがないことを伝えたい。

独居房に戻ったおれの心は静かだった。タバコの禁断症状は、少し薄らいだのかもしれなかった。

おれが一番会いたいのは、エイミーだ。会って、かつての非礼を詫《わ》び、今回のお礼を言いたい。しかし、いまのところ、エイミーは面会に来るつもりはないようだ。

「ぼくは獣医師の浦野映美さんの依頼で、あなたに接見をしに来ました」

おとといの午後一時に、岸川弁護士がそう言ったとき、おれはエイミーが結婚していないことを知った。婚姻に際して、夫が名字をかえた可能性もあるし、いわゆる夫婦別姓を選んだのかもしれないが、エイミーは未婚のままだと、おれは直感した。

それなら、おれと結婚してくれるかもしれないと期待するほど、おれは能天気ではないし、エイミーをそこまで見くびってもいない。

しかし、釈放後に、おれのほうからお礼を言いに行く際の、心理的なハードルがさがったとかんじたのも事実だ。

（エイミーと会ったら、なにから話そう。おれが『NIYAGO』で活動していることを褒めてくれるだろうか）

静かだった心は、瞬く間に熱を帯びた。そして、たっぷり浮かれたあとに、おれは肩を落とした。たとえ一度は会ってくれても、二度はお断りだと思われるのがオチだ。

おれは意気消沈しては、性懲りもなく浮かれた。岸川弁護士のことは、もう頭になかった。

午後のあいだじゅう、そうしてすごし、翌日も一日、おれは独居房で、幸福な妄想と、シビアな現実を行き来した。

岸川弁護士が最初に接見に来た日から、取り調べは一度もおこなわれていなかった。

（あと十五日間も、こんなふうにしてすごすのは、きつくないか）

逮捕されてから六回目の夕飯を済ませたおれは、冷静さを取り戻そうとしていた。

（エイミーは面会に来ない。釈放されても、会いに行くべきではない。岸川弁護士に依頼してくれたことだけで、満足すべきなのだ。釈放されたら、あの部屋を引き払い、北海道でも、沖縄でもいいから、埼玉から遠く離れた土地に行こう）

繰り返し自分に言い聞かせていると、「おい、湯出。起きろ」と警察官に呼ばれた。

「釈放だ」

「えっ、こんな夜に？」

「いいから、釈放だ」

問答無用というように、警察官はおれを独居房から引き出した。時刻を聞くと、午後七時だという。

「あの、岸川弁護士に連絡を」

こうなったら、もう一度だけご足労願うしかない。

「もう、してある。ただ、この時間にここまで出向くのは無理だというから、代理でもかまわないと答えておいた」

なんの前ぶれもなく釈放を告げられて、おれは呆然としていた。いくつかの理由が考えられたが、頭はまったく働かなかった。廊下を歩き、階段をのぼりながら、おれは何度もよろけた。

(留置場から出られることになって、安堵しているんだ。でも、じっさいに警察署の外に出るまで、油断は禁物だ)

ひと気のないガランとした署内で、おれは荷物を返された。二名の警察官に見守られて、ボストンバッグのなかをたしかめていると、「失礼します」と声がした。

「岸川弁護士の代理の方がみえました」

出入り口に立つ警察官のとなりには、岸川弁護士を若返らせたような男性がいた。裁判官をしている長男は札幌だと言っていたから、ガラス職人をしているという、おれと同じ歳の次男が朝霞から来てくれたのだろう。ラガーシャツにジーンズというシンプルな服装で、がっしりした筋肉がついているのが服のうえからでもわかる。

「こんな時間に申しわけありません。こちらの都合で、急遽《きゅうきょ》お願いすることになりまして」

おれに対する横柄な態度とは打って変わって、警察官は丁重だった。

「こちらに署名をお願いします。それと、なにか身分証を」

「あの、まず、湯出さんにあいさつをさせてください」

岸川弁護士の次男は、おれをしっかり見た。

「岸川典光の次男でミカズと言います。片仮名で「ミカズ」という、少々変わった名前です。父の代理で、湯出元春さんの身元引受人を務めます。よろしく、お願いします」

迷惑をかけているのはおれなのに、正々堂々と自己紹介をすると、ミカズ氏は署名を済ませた。

「父や兄によると、警察はこの件の処置によほど頭を痛めていて、湯出さんを釈放してしまうことで、事態の鎮静化を図りたいのだろうとのことでした」

警察署の裏口から出たところで、ミカズ氏は言った。

「ぼくは車で来ていまして、父から、湯出さんをご自宅の近くまで送るように言われています」

丁寧な口ぶりだが、ミカズ氏のことばには有無を言わせない迫力があった。

案内されたのは白いセダンで、少し意外な気がした。たくましい風貌には、タイヤの大きなRV車のほうがふさわしい。

場違いなことを思っていると、ミカズ氏が後部座席のドアを開けた。

「その紙袋は、父からです」

シートのうえには猫の絵が描かれた紙袋が置かれていた。

「どうぞ」と促されて、おれはゆったりしたシートに腰をおろした。

「父から聞いて、ナビに入れた住所は、旧中山道沿いの、氷川神社の手前になっていますが」

「はい。そこで、間違いありません」

「では、出発しますが、この車は妻が通勤につかっていて、ぼくはふだん運転をしませんから、念のためにシートベルトをしてください」

行きとどいた対応で、おれは優秀な秘書に世話を焼かれている社長か政治家にでもなった気がした。

「湯出さんの釈放について、エイミー先生には、父が電話をすると言っていました」

警察署から離れたところで、ミカズ氏が言った。

おれはうまく返事ができず、つかの間、沈黙が訪れた。

「その紙袋には、わたしが作ったコップと、猫の水飲み用の小鉢が入っています」

ミカズ氏は、今度も前をむいたまま言った。バックミラーに目をやることはなく、おれもハンドルを握る同年の男性の顔をミラー越しに見ようとはしなかった。

「そうだ、言い忘れていましたが、紙袋にはペットボトルも入っていますから、どうぞ飲んでください」

「ありがとうございます」と応じたが、さすがに手は伸びなかった。

おれはエイミーのことを聞きたかった。しかし、聞いたら負けだという気もした。

「父が話したそうですが、うちには猫が四匹いまして、その紙袋の絵は、おととし、うちに職業体験に来た小学生が描いてくれたんです。うちの子たちは双子ですが、同じ日に同じ病院で生まれた双子がいましてね、その娘さんが、自分たちも通った小学校の先生になっているんです。あんまりかわいく描けているんで、その紙袋に入っているのと同じコップと小鉢をあげて、つまり物々交換で著作権をいただいて、包装につかっているんです」

マウントを獲るつもりなど欠けらもないだろうが、ミカズ氏の幸せな生活ぶりがうかがわれて、おれは身の置きどころがなかった。

やがて車は氷川神社に続く参道に入った。

「案内していただければ、お宅の前まで行きますが」

「いえ、その先の信号を越えたあたりで、路肩に停めてください」

「わかりました」

赤信号で停まり、再び車を発進させたミカズ氏がハザードを出した。

結局、エイミーの話は出なかったと思っていると、車が減速し、街灯のそばで停止した。

「あの、余計な情報かもしれませんが、そのガラスの小鉢は『エイミー動物の病院』でも販売しているんです。とても人気があって、もちろん手数料は払っています」

　ようやくエイミーのことを聞けたが、おれは身が焦がれた。

「このたびは、お父様にも、ミカズさんにも、ご迷惑をおかけして、本当に申しわけありませんでした。勝手におりますので、どうか、そのままお帰りください」

「わかりました。おやすみなさい」

「おやすみなさい」

　ミカズ氏のあいさつを受けて、おれは車からおりた。そして、すぐに発進した白いセダンが見えなくなるまで、その場に立っていた。

（立派な男から、立派な息子が生まれて、立派なこどもたちが、さらに育っているんだ）

　わが身を顧みて、おれはその場に立ち尽くした。午後八時が近く、氷川神社の参道は静かだった。

　左手に持ったボストンバッグを舗道に置き、右手の紙袋をのぞくと、緩衝材でおおわれた品が二つと、ペットボトルが入っていた。

　おれは紙袋を左手に持ち換えて、ペットボトルを取り、ふたを開けた。

（娑婆《しゃば》の水だ）

ごくごくと飲み、そのまま夜空を仰いでいると、足元になにかいる。驚いて、下をむけば、キジトラの猫だ。

氷川神社の境内には猫が何匹も居ついている。参道で猫を見かけることもあって、それが気に入って、このあたりに住むことにしたのだが、こんなふうに猫が近寄ってきたのは初めてだ。二〜三歳くらいの若い猫で、体形からすると、たぶんオスだろう。

「水が飲みたいのかい？」

おれが聞くと、キジトラのオス猫がこちらを見あげて鳴いた。

「ちょうどいいものがあるんだ。ちょっと待ってな」

万が一にも落として割らないように、おれは膝を曲げて、慎重に包みをほどいた。

「ああ、これは」

おれは感激で手がふるえた。猫の水飲み用の小鉢というから、いくら人気の品だといってもさほど期待していなかったのに、それは素晴らしい器だった。うすく透明なガラスが、なんとも自然な曲線を描いている。猫のしなやかさが、そのまま形をとったようだ。

「さあ、お飲み」

透明なガラスの器を舗道に置き、おれはペットボトルの水を注いだ。キジトラ猫は、すぐに飲みだした。よほど喉が渇いていたらしい。

「そりゃあ、うまいだろう。おれだって、一緒に飲みたいくらいさ」

思わずつぶやき、「おまえ、ひょっとしてチビの末裔《まつえい》かい？」と聞くと、植え込みのかげから猫があらわれた。こちらもキジトラで、チビと鼻を合わせてから、水を飲みだした。よく見ると、おなかが大きい。

「おいおい、そうきたか」

感嘆の声をあげながら、おれは当分ここにいようと思った。できるなら、近くに一軒家を借りて、この猫の夫婦に住み家を提供しよう。そして、子猫を育てよう。そのためにも、しっかり働こう。ひと付き合いが苦手だと、駄々をこねているひまはない。とにかく稼いで、この猫たちの面倒を見るのだ。

生まれて初めて、おれは希望を抱いた。からだの奥から力が漲《みなぎ》ってくるのがわかった。

おれの足元では、渇きをいやした猫たちがむつみ合っていた。

本作は書き下ろしです。

本作はフィクションです。実在する人物及び団体とは一切関係ありません。（編集部）

実業之日本社の文芸書　好評既刊

風を紡ぐ　針と剣 縫箔屋事件帖
あさのあつこ

剣を愛する町娘・おちえと、武士の身分を捨て職人を志す一居が、消えた花嫁衣裳の謎に迫る。おちえにも求婚者があらわれて……風雲急を告げる時代青春ミステリー〈針と剣〉シリーズ第三弾。

拝啓　交換殺人の候
天祢涼

「どうせ死ぬなら殺してみませんか?」希望を喪った男の心を動かしたのは、朽ち果てた神社の桜の木の洞に差し込まれていた、交換殺人の依頼状だった――二転三転する〝完全犯罪〟計画の結末は!?

マル暴ディーヴァ
今野敏

薬物取引の場と噂されるジャズクラブで、史上最強の歌姫とまさかの潜入捜査!? 弱気な甘糟刑事の活躍に笑って泣ける〈マル暴〉シリーズ最新刊。警視総監や〈任俠〉シリーズの阿岐本組の面々も登場!

［著者略歴］

佐川光晴（さがわ・みつはる）

1965年東京都生まれ、茅ヶ崎育ち。北海道大学法学部卒業。2000年「生活の設計」で第32回新潮新人賞、2002年『縮んだ愛』で第24回野間文芸新人賞、2011年『おれのおばさん』で第26回坪田譲治文学賞、2019年『駒音高く』で第31回将棋ペンクラブ大賞文芸部門優秀賞受賞。このほかの著作に『牛を屠る』『大きくなる日』『鉄道少年』『満天の花』などがある。

猫《ねこ》にならって

2023年 2 月 5 日　初版第 1 刷発行

著　者／佐川光晴

発行者／岩野裕一

発行所／株式会社実業之日本社

〒107-0062

東京都港区南青山5-4-30　emergence aoyama complex 3F

電話（編集）03-6809-0473　（販売）03-6809-0495

https://www.j-n.co.jp/

小社のプライバシー・ポリシーは上記ホームページをご覧ください。

ＤＴＰ／ラッシュ

印刷所／大日本印刷株式会社

製本所／大日本印刷株式会社

ISBN978-4-408-53819-8（第二文芸）